KB273820

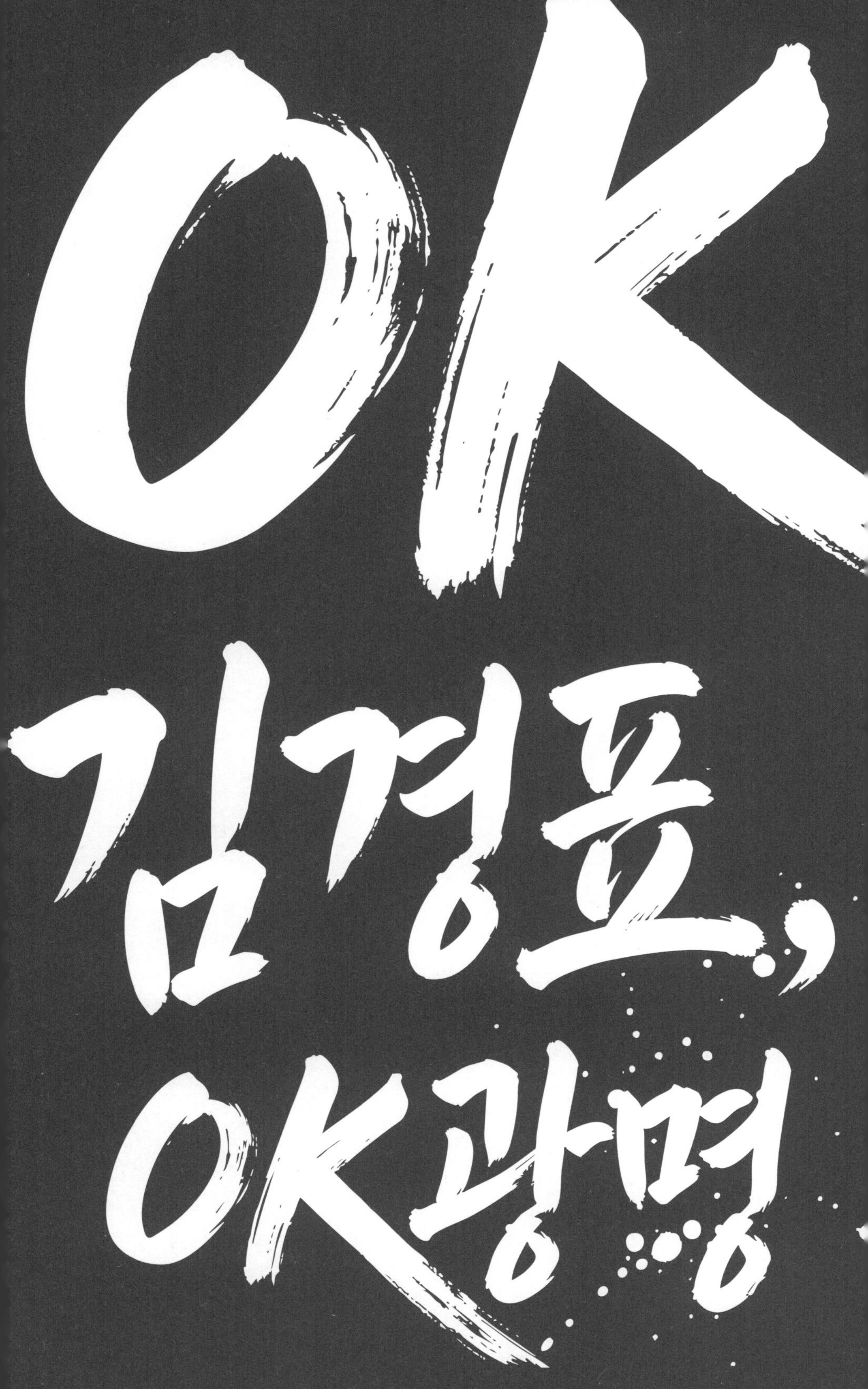

OK
김경표,
OK과장

OK김경표, OK광명!

광명 시민이 OK하는 미래를 준비하며

2026년 2월 20일   초판 1쇄 인쇄 발행

지은이   김경표
그 림   김봉빈
펴낸이   박종래
펴낸곳   도서출판 명성서림

등록번호   301-2014-013
주소   04625 서울시 중구 필동로 6 (2, 3층)
대표전화   02)2277-2800
팩스   02)2277-8945
이메일   msprint8944@naver.com

값 18,000원
ISBN 979-11-7439-096-7

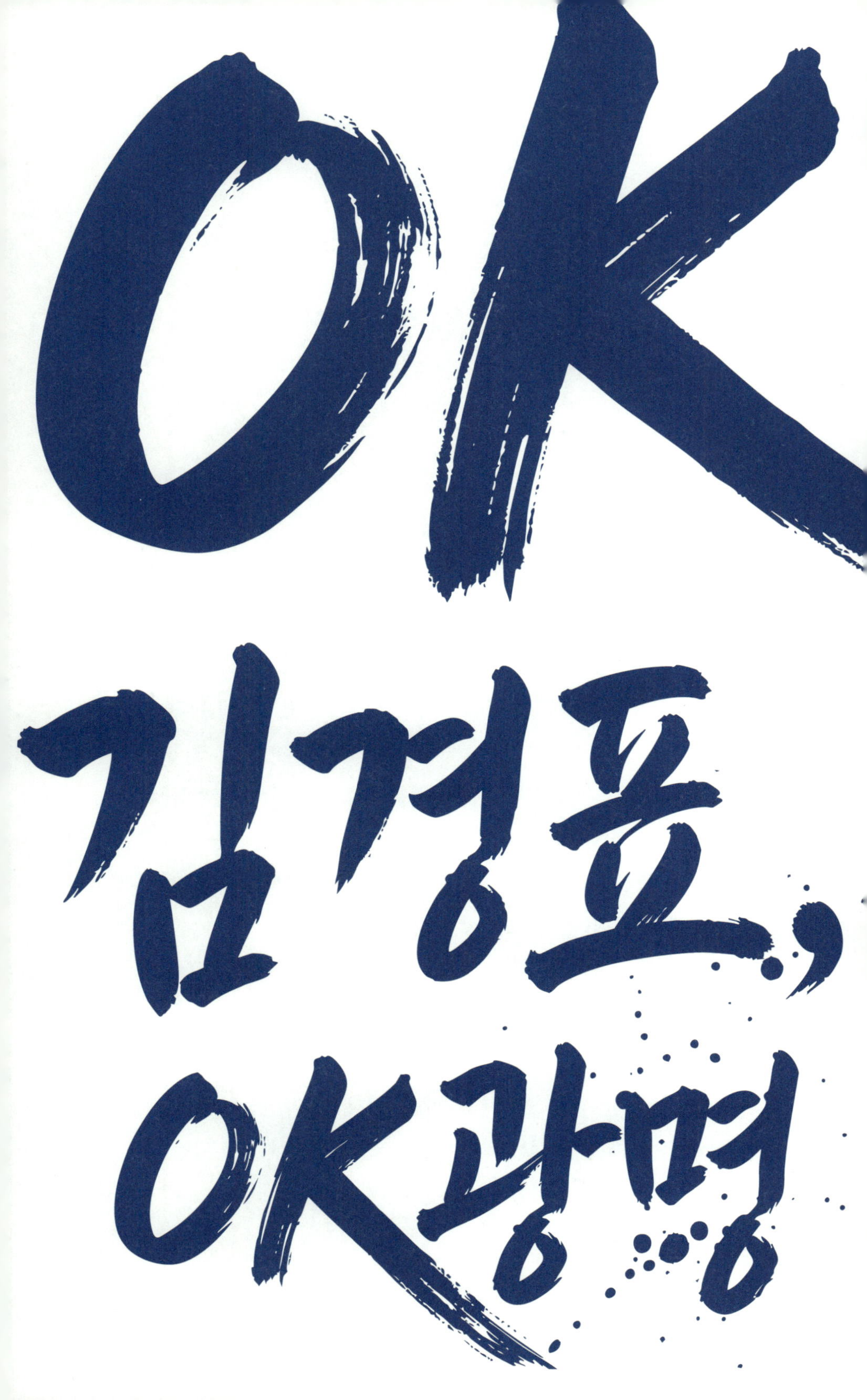
OK
김경표,
OK과장

비상飛翔하는 광명을 향한 진심

존경하는 광명 시민, 독자 여러분께.

이 책은 보배의 섬 진도에서 태어나 부산과 목포를 거쳐 광명에 뿌리내린 한 사람의 삶과 정치 여정을 담은 기록입니다. 광명에 정착한 지 38년, 정당인으로, 지방의원으로, 행정가로, 그리고 시민사회 활동가로 지역 발전과 함께 성장해 왔습니다. 이 책은 그 긴 시간 속에서 보고, 느끼고, 배운 것들을 정리한 저 김경표의 작은 고백입니다.

20대에는 민주당 중앙당, 국회정책실 등에서 정책과 정치를 배웠고, 이후에는 광명시의회 의장과 경기도의회 문화체육관광 위원장으로서 의정 활동을 하며 '정치는 생활을 바꾸는 일'임을 몸으로 실천하고자 해 왔습니다. 평생학습도시 선포, 문화·복지 인프라 구축, 혁신교육과 청소년·문화 정책은 모두 시민의 삶을 조금 더 나아지게 하고 싶었던 마음의 표현입니다.

정치와 병행한 시민사회, 복지, 체육, 경제, 교육 현장의 경험은 저를 더 넓고 깊게 성장시켰습니다. 기업 경영과 사회적 경제 활동, 대학

강단에서의 강의, 그리고 경기도 평생교육진흥원장, 이재명 경기도지사와 함께했던 경기도콘텐츠진흥원 이사장으로서 도정과 정책 현장에서의 역할은 정치가 행정과 경제, 교육, 문화와 긴밀히 연결되어 있음을 깨닫게 해 주었습니다.

또한 이재명 대통령과 함께한 정치 여정, 팬클럽 'OK 이재명' 운영과 20대 대선 캠프에서 종합상황실 부실장, 대선 캠프에서 후보 직속 총괄특보단 부단장으로서의 활동, 그리고 현재 민주연구원 부원장으로서의 역할은 제 정치 인생의 또 다른 책임이자 사명이라 생각하고 있습니다.

저는 정치인을 오케스트라의 지휘자에 비유합니다. 각기 다른 목소리와 생각을 하나로 모아 조화로운 하모니를 만들어 내는 것이 정치의 본질이며, 이를 위해서는 통합적 사고와 풍부한 경험, 그리고 사람을 향한 진심이 필요하다고 믿습니다.

이 책은 화려한 성과의 나열이 아니라, 한 시대를 살아온 정치인으로서의 성찰과 다짐입니다. 부족하지만 진심을 담아 여러분께 내놓습니다. 넓은 마음으로 읽어 주시고, 우리 사회와 정치가 나아갈 길을 함께 생각하는 작은 계기가 되기를 소망하는 저의 부족한 자전적에세이입니다.

2026. 2. 김경표 드림

CONTENTS

제1화　　OK김경표

제2화　OK광명

제1화

OK김경표

"네 인생에 기회가 오거든, 이 할아비가 자
운영 밭을 갈아엎은 것처럼, 염전에서 주인
이 바닥을 갈아엎어서 소금의 대량 생산을
기원한 것처럼 갈아엎어야 한다 이 말이여.
옳은 일을 위해서는 사람까지도, 인정사정
없이 갈아엎어야 한다는 말 명심해라"

이재명 대통령의 당당한 외교,
국민의힘의 낡은 정쟁은 국민을 지키지 못한다

지난 25일 열린 첫 한미 정상 회담은 대한민국 외교의 새로운 지평을 열었다. 그러나 그 의미와 성과를 진지하게 평가하기는커녕, 국민의힘은 어김없이 '굴욕 외교'라는 낡은 프레임을 꺼내 들었다. 이것은 국민을 향한 냉철한 보고가 아니라, 정쟁의 소재를 찾기 위해 발버둥 치는 습관적 정치 공세에 불과하다. 회담의 성과와 국익의 방향을 제대로 짚어 내려는 책임 있는 야당의 태도와는 거리가 멀다.

외교의 본질은 상대의 강한 주장 앞에서도 국민의 이익을 놓치지 않고 챙기는 데 있다. 이재명 대통령은 만면의 미소로 분위기를 주도하면서도, 결코 본질에서는 흔들림 없는 냉철한 협상가의 면모를 보여 주었다. 외교 무대에서 웃음은 결코 굴종의 표현이 아니다. 그것은 긴장을 누그러뜨리고 대화의 문을 열어 가는 강력한 무기가 된다. 대통령의 웃음 속에는 철저히 계산된 전략과 국민을 지키겠다는 결연

한 의지가 담겨 있었다. 국민의힘이 이를 '굴욕'으로 폄훼하는 순간, 그들은 오히려 국민 외교의 성과를 무시하고 국가적 자존심을 스스로 떨어뜨리고 있는 것이다.

이번 회담에서 가장 중요한 것은 국익이다. 한미 간의 협력은 안보와 경제 두 축에서 대한민국의 미래를 좌우한다. 반도체, 첨단 산업, 기후 위기 대응, 북핵 문제 등 어느 것 하나 가볍지 않은 의제였다. 이재명 대통령은 강대국의 이해관계 속에서도 대한민국의 이익을 전면에 내세웠고, 국민의 목소리를 대변했다. 이것이야말로 '굴욕'이 아닌

OK김경표, OK광명!

'당당한 외교'다. 그런 데도 국민의힘은 성과를 제대로 평가하지 않은 채, 오직 정치적 이득을 노린 공격에 매달리고 있다. 이는 국민 눈높이와도, 국가 이익과도 맞지 않는다.

제1야당의 역할은 정부의 외교를 무조건 칭찬하는 데 있지 않다. 그러나 최소한의 책임 있는 비판과 대안 제시가 필요하다. 국민의힘이 해야 할 일은 '굴욕 외교'라는 빈 껍데기 같은 말을 반복하는 것이 아니라, 대한민국이 처한 현실과 과제를 직시하고 건설적인 제안을 내놓는 것이다. 비판을 위한 비판은 결국 국민을 위한 외교를 가로막고, 대한민국의 미래를 흔드는 부메랑이 되어 돌아올 뿐이다.

지금 대한민국이 필요한 것은 정파적 이해를 뛰어넘는 초당적 협력이다. 외교는 곧 국익이며, 국익은 곧 국민의 생존과 직결된다. 이재명 대통령이 보여 준 태도는 바로 그 국민을 지키겠다는 진심에서 비롯된 것이다. 미소로 상대를 안심시키고, 냉철한 판단으로 협상의 본질을 지켜 내는 모습은 우리 외교가 지향해야 할 당당한 자세다. 만약 이러한 노력이 계속된다면, 보수 세력이 아무리 '굴욕'이라는 허상을 퍼뜨려도 국민은 더 이상 속지 않을 것이다.

이재명 대통령은 외교에서 보여 준 원칙을 내치에서도 꾸준히 견지하고 있다. 국민의 삶을 우선하고, 약자의 목소리를 외면하지 않으며, 실질적인 변화를 만들어 내려는 노력은 국민이 이미 확인한 사실이다. 외교든 내치든, 중심에는 언제나 국민이 있다. 이러한 태도야말로 민주주의 정치가 지향해야 할 길이며, 대한민국의 미래를 지켜 내는 힘이다.

　이제 국민의힘도 변해야 한다. 국익을 깎아내리는 정쟁 정치에서 벗어나야 한다. 오로지 정부와 대통령을 흔들겠다는 집착에 매달린 다면, 그 피해는 고스란히 국민에게 돌아간다. 국민은 정쟁이 아닌 민생을 원한다. 국민은 허상에 불과한 '굴욕'이 아니라, 실질적인 성과를

　　　　　　　　　　　　　　　　　　　OK김경표, OK광명!

바탕으로 한 당당한 외교를 원한다. 이 목소리를 외면하는 제1야당은 국민과 멀어질 수밖에 없다.

우리는 분명히 말한다. 이번 한미 정상 회담은 실패가 아니라 성공이었다. 굴욕이 아니라 성과였다. 국민을 지키고 국익을 세운 회담이었다. 이재명 대통령의 외교적 성과를 인정하고 초당적으로 뒷받침할 때, 대한민국은 더 큰 힘을 얻을 것이다. 낡은 정쟁 정치가 아닌, 미래를 위한 협력 정치가 필요하다. 국민의힘은 지금이라도 국민 앞에 진정성 있는 야당의 모습을 되찾아야 한다.

■ 2025/08/20

준비된 지도자의 힘,
이재명 대통령의 꼼꼼한 행정 점검

　최근 강릉 방문 현장에서 이재명 대통령의 행보가 큰 화제가 되고 있다. 언론뿐 아니라 유튜브에서도 널리 회자된 장면은, 대통령이 세세한 행정적 문제까지 꼼꼼히 짚어 내자 강릉시장이 뚜렷한 답변을 내놓지 못하고 당황하는 모습이었다. 이는 단순히 한 지방자치단체장의 미숙함을 드러낸 사건이 아니라, 이재명 대통령이 얼마나 행정의 깊은 이해와 준비를 갖추고 있는지를 보여 준 장면이었다.

　흔히 대통령의 지역 방문은 보여 주기식 행사로 끝나는 경우가 많았다. 현장을 둘러보고 관계자의 보고를 듣는 수준에서 행사가 마무리되는 것이 일반적이었다. 그러나 이재명 대통령은 달랐다. 그는 현안의 본질을 정확히 짚었고, 형식적인 보고를 넘어 실제 정책 집행 과정에서의 허점과 문제점을 날카롭게 파고들었다. 이는 단순한 '점검'이 아니라, 실질적인 행정의 구멍을 찾아내고 개선책을 모색하는 '준

　　　　　　　　　　　　　　　　　　OK김경표, OK광명!

비된 지도자'의 진짜 모습이었다.

　강릉시장이 곤란해한 것은 대통령의 질문이 까다로웠기 때문이 아
니다. 그동안 해당 사안에 관한 지방 정부의 준비와 대처가 미흡했음
을 스스로 드러낸 결과였다. 오히려 이재명 대통령의 꼼꼼한 질문이
있었기에 문제의 심각성이 국민 앞에 공개되었고, 동시에 해결의 실
마리도 제시될 수 있었다. 대통령은 일시적인 보여 주기를 넘어, 국민
의 삶을 실제로 개선할 수 있는 행정을 이끌어 내려는 진정성을 행동
으로 증명해 보였다.

이러한 모습은 '정쟁만 일삼는 세력'과 극명히 대비된다. 국민의힘은 여전히 근거 없는 비난과 프레임 덧씌우기에 몰두하고 있지만, 현장에서 드러난 것은 오직 한 가지였다. 바로 이재명 대통령이야말로 꼼꼼히 준비된 행정가이며, 누구보다도 국민 생활의 구체적인 문제를 이해하고 있다는 사실이다. 정치적 구호가 아닌, 실질적 행정력으로 국민을 지켜 내는 지도자의 면모가 확실히 증명된 것이다.

대통령의 행정 이해도는 단순히 중앙 정부 차원의 큰 정책에만 머무르지 않는다. 지역의 가뭄, 농업 현장의 어려움, 주민 생활의 불편 등 작은 문제까지도 놓치지 않고 챙긴다. 이번 강릉 현장 점검이 화제가 된 이유도 바로 그 점에 있다. 국민은 거창한 수사가 아니라, 자신의 삶과 직결된 문제를 제대로 챙기는 지도자를 원한다. 그리고 이재명 대통령은 그 기대에 가장 부합하는 리더임을 이번에 다시금 보여 주었다.

우리는 이번 장면에서 분명히 확인했다. 정쟁과 허상은 국민의 삶을 바꾸지 못한다. 꼼꼼함과 준비, 실질적 행정만이 국민을 지킬 수 있다. 이재명 대통령의 현장 점검은 단순한 이벤트가 아니라, 문제 해결을 향한 실질적 의지의 표현이었다. 이러한 태도가 이어진다면 대한민국 행정은 한 단계 도약할 것이며, 국민은 더욱 든든한 정부를 체감하게 될 것이다.

무엇보다도, 대통령이 직접 짚어 낸 가뭄 문제는 하루빨리 해결되어야 할 시급한 과제다. 농민과 지역 주민이 겪는 고통을 덜어 주고, 국가의 행정력이 제 역할을 다하는 모습을 보여 주는 것이 지금의 과제다. 우리는 이재명 대통령의 꼼꼼한 리더십과 정부의 적극적인 대응을 통해, 가뭄 문제가 조속히 해결되기를 간절히 기원한다.

■ 2025/09/03

내란은 현재 진행형

'국민의힘은 사실상 내란 옹호 세력으로 확실히 자리매김했다'

최근 국민의힘 전당대회에서 장동혁 대표와 김민수 최고위원 등 윤석열 세력 인사들이 지도부를 장악한 데 이어, 나경원 의원의 망언이 국민적 공분을 사고 있다.

나 의원은 "비상계엄을 알고도 방조한 민주당이 내란 공범"이라고 주장했는데, 이는 사실을 왜곡하고 국민을 기만하는 희대의 사이비 논리일 뿐이다. 단순한 말실수가 아니라 헌정 질서와 민주주의의 근본을 뒤흔드는 심각한 언행이다.

장동혁 대표는 "윤석열 정부를 끝까지 지켜 내겠다"라고 공언하며 내란 혐의자의 방패막이를 자처했고, 김민수 최고위원은 "헌재의 탄핵은 불가능했다"라는 발언으로 헌법재판소 권한을 부정하고 심지어 윤석열 부부 석방까지 요구하기에 이르렀다. 여기에 나경원 의원의 발언까지 더해지자, 국민의힘은 사실상 내란 옹호 세력으로 확실히 자리매김했다는 평가가 나오고 있는 실정이다.

　작금에 민주주의를 지켜야 할 정당이 헌정 파괴의 공범으로 서려는 국민의힘의 행태는 참담하다. 더욱 심각한 것은 이들이 특검의 정당한 법 집행을 노골적으로 방해하고 있다는 점이다. 특검의 국민의힘 당사와 국회 원내대표실 압수수색을 물리적으로 차단하고, 이를 '정치 보복'으로 왜곡하는 행태는 내란 범죄 은폐 시도에 다름 아니다.

이러한 민주주의를 무너뜨리려는 세력은 반드시 국민의 심판을 받는다. 내란은 결코 용납될 수 없는 범죄이며, 특검의 수사와 압수수색은 반드시 존중되어야 한다. 이를 방해하거나 왜곡하는 자는 내란 공범으로 역사에 기록될 것이다.

국민의힘은 지금이라도 당을 쇄신하고 뼈를 깎는 성찰에 나서야 한다. 그러나 끝내 망언과 망동을 반복하며 내란 방조의 길을 간다면 그 대가는 자명하다. 국민의 준엄한 정치적 심판을 피할 수 없을 것이며, 민주주의를 지키려는 국민의 힘 앞에서 무릎 꿇게 될 것임을 명심해야 할 것이다.

결론은 분명하다. 국민의힘은 현재 내란 정당이다. 이대로라면 머지않아 해산될 수밖에 없을 것이다.

■ 2025/09/07

　　　　　　　　　　　　　　　　OK김경표, OK광명!

검찰은 이제라도 허위와 공작의
족쇄를 풀고 진실 앞에 서라

윤석열 정권이 출범한 이후 대한민국은 전례 없는 정치 보복과 사법 권력 남용의 시대를 겪어 왔다. 특히 당시 이재명 민주당 대표를 겨냥한 수많은 수사와 기소는, 법과 원칙에 따른 것이 아니라 권력 유지와 정치적 반대 세력 제거를 위한 기획 공작이었다.

이에 시간이 지나면서 당시 검찰과 정권이 내세운 각종 주장과 프레임은 사실이 아님이 속속 드러나고 있으며, 국민 다수는 '정치검찰의 조작극'이었다는 데에 공감하기에 이르렀다. 이제 필요한 것은 단호한 진실 규명과 더불어, 검찰이 부당한 공소를 스스로 취하함으로써 민주주의 회복에 기여하는 것이다.

첫 번째로 대장동 개발 의혹을 살펴보면, 윤석열 정권과 보수 언론이 가장 집요하게 활용한 정치 공작의 상징이었다. 검찰은 마치 이재명 대표가 개발 특혜의 중심에 선 것처럼 몰아갔으나, 실제로 드러난 사실은 정반대였다. 국민의힘 소속 정치인들과 당시 검찰·언론의 유착 정황까지 드러나면서 '이재명 책임론'은 허구임이 입증된 것이다.

이재명 대표는 성남시장 시절 민간이 독식하려던 개발 이익을 환수해 공공 몫을 키운 주체였다. 검찰이 기소한 논리의 근거는 애초에 취약했고, 현재 재판 과정에서 관련자 진술과 정황 증거마저 뒤집히고 있는 실정이다.

대장동 사건은 공익 환수 성과를 뒤집어 정치적 공격으로 악용한 대표적 조작 수사였다고 말할 수 있을 것이다.

두 번째로 대북 송금 사건이다. 이른바 '대북 송금 의혹'은 과거 군사정권 시절 선거 때마다 등장했던 북풍 공작을 연상케 한다. 검찰은 경기도의 대북 교류 사업을 '불법 송금'으로 몰아갔지만, 실체는 확인되지 않았다.

경기도의 남북협력사업은 합법적 절차와 의회의 승인에 따른 정책이었다. 무리한 공소 제기는 당시 이재명 대표를 옭아매기 위한 정치적 시도였음이 점차 드러나고 있다. 이 사건 또한 최근 관련 증언과 정황이 반박되면서, 검찰의 주장 근거가 무너지고 있는 것이다.

세 번째 서해 공무원 피살 사건이다. 서해 공무원 피살 사건 역시 진실보다 정치적 유불리에 따라 조작된 대표 사례라 볼 수 있다.

윤석열 정권은 사건 초기부터 마치 전 정권이 사실을 은폐한 것처럼 몰아가며 이재명 대표와 민주당을 공격했다. 그러나 드러난 사실은, 당시 군·정보당국은 가능한 범위에서 정보를 공유했고, 은폐 의혹은 사실무근이었다는 점이다.

검찰은 유가족의 아픔마저 정치적 도구로 이용해 민주당과 전임 정부를 공격했다. 이후 다수의 증거와 정황이 공개되며, 정권과 검찰이 사건을 왜곡했음이 드러나고 있다. 이 사건은 국가 안보와 국민의 생명을 정치 공작에 이용한 것으로, 용납할 수 없는 범죄 행위다.

이렇게 윤석열 정권과 정치검찰이 남긴 상처는 깊지만, 진실은 결국 드러난다. 대장동, 대북 송금, 서해 공무원 피살 사건 등 모두 시간이 흐르며 거짓이 무너지고 있다. 검찰이 지금이라도 국민 앞에 진실을 인정하고 부당한 공소를 취하하는 것이, 사법 정의를 회복하는 최소한의 길이다.

이재명 대표 탄압은 단순한 한 정치인의 문제가 아니다. 그것은 곧 민주주의와 법치, 그리고 대한민국의 미래를 지키는 싸움이다.

국민은 더 이상 기만과 왜곡을 용납하지 않는다. 검찰은 역사 앞에서, 그리고 국민 앞에서 올바른 결단을 내려야 한다.

사법 개혁과 내란특별재판부 설치는
대한민국의 새로운 도약을 위한 필연 선택이다

최근 우리 사회는 사법부의 잇따른 이해할 수 없는 결정들로 말미암아 국민적 분노와 불신이 증폭되고 있다. 지귀연 판사가 윤석열 전 대통령을 석방하면서 재판의 속도를 지연시키는 듯한 형태를 보인 것, 대법원이 논란이 많았던 수원 영장 전담 판사 3명을 한꺼번에 중앙으로 지원하는 납득하기 어려운 인사를 단행한 것, 법원이 한덕수 전 총리의 구속을 기각한 것들은 모두 사법부가 과연 국민의 정의감과 법 앞의 평등 원칙을 지켜 내고 있는지 의문을 품게 한다.

특히 대한민국 민주주의는 지난 대선 과정에서 중대한 위기를 겪었다. 대선 직전, 사법부는 이재명 후보의 무죄 판결을 뒤집어 파기환송을 시도하였다. 이는 단순한 법리 다툼이 아니라, 유력한 야권 후보의 자격을 박탈하여 국민의 선택권 자체를 제한하려는 정치적 공작이었다. 선거는 국민이 주권을 행사하는 가장 본질적인 과정인데,

사법부가 이를 왜곡하고 특정 후보를 배제하려 했던 것은 민주주의 근간을 흔드는 심각한 행위였다고 할 것이다.

　이렇게 사법부는 스스로의 권위를 지켜 내지 못했고, 국민의 신뢰를 무너뜨렸다. 결국 이러한 현실은 사법 개혁의 필요성과 내란특별재판부 설치의 정당성을 뒷받침하는 증거가 되고 있다. 국민의 눈높이에서 정의를 실현하지 못하는 사법부는 더 이상 방치될 수 없다.

　이제 행동에 나설 때다. 그러나 일부에서는 내란특별재판부 설치를 두고 '위헌적'이라는 주장을 내세운다. 그러나 이는 헌법 정신과 역사적 사례를 무시한 견해다.

　　　　　　　　　　　　　　　　　　　OK김경표, OK광명!

첫째, 헌법적 정당성이다. 대한민국 헌법 제84조는 내란과 외환죄의 경우 대통령조차 형사상 특권에서 제외된다고 명시하고 있다. 내란은 단순한 범죄가 아니라 국가 존립 자체를 위협하는 중대 범죄이므로, 이를 신속하고 공정하게 다루는 특별한 재판 절차를 마련하는 것은 헌법에 부합한다. 오히려 일반 재판 절차를 그대로 적용하여 지연과 왜곡이 발생한다면, 그것이야말로 헌법이 요구하는 정의 실현 의무를 저버리는 것이다.

둘째, 역사적 정당성이다. 물론 성격의 차이가 있다는 항변이 있을 수 있으나, 1979년 12·12 군사반란과 1980년 5·18 광주민주화운동 진압은 명백한 내란 행위였다. 그러나 그 주범들이 오랜 기간 단죄되지 못한 것은 사법부가 정치권력에 휘둘린 결과였다. 결국 김영삼 정부 들어 '5·18 특별법'과 '전두환·노태우 내란 및 반란 사건 특별재판부'가 설치되면서 역사적 단죄가 가능했다. 이처럼 특별재판부 설치는 전례가 있으며, 민주주의 회복을 위해 반드시 필요한 조치였다. 이재명 대통령의 구상은 헌법적·역사적 맥락에서 정당하고 합리적이다.

셋째, 국제적 정당성이다. 독일은 제2차 세계대전 후 나치 전범들을 단죄하기 위해 뉘른베르크 특별재판소를 운영했고, 르완다와 구유고 지역에서는 국제전범재판소가 설치되었다. 모두 국가와 민주주의 질서를 파괴한 중대 범죄에 신속하고 철저한 단죄를 내리기 위해 특별재판을 도입한 사례다. 내란특별재판부 역시 이러한 국제 기준과 맥락을 공유한다.

내란의 주범들을 단죄하는 일은 단순히 '과거 청산'에 머무르지 않는다. 이는 곧 '미래 건설'의 과정이다. 만약 내란의 책임자들이 충분히 처벌받지 않고 정치권에 복귀한다면, 대한민국은 다시 과거 권력 남용과 불법의 악순환에 빠질 것이다.

특히 이번 내란 사건은 단순한 정치적 반대가 아니라, 국가의 근본 질서와 민주주의를 정면으로 부정한 범죄였다. 내란특별재판부를 통해 ▲신속한 재판 진행 ▲피해자와 국민의 목소리 반영 ▲정치적 중립성 확보 ▲재판 결과의 사회적 신뢰 구축이 이루어질 때, 비로소 대한민국은 민주주의의 회복을 넘어 새로운 도약을 맞이할 수 있을 것이다.

내란특별재판부 설치는 곧 사법 개혁의 한 축이라 할 수 있다. 그러나 여기서 멈출 수는 없다. 하루빨리 사법 개혁의 동력을 강화해야 한다. 먼저 모든 주요 사건의 진행 과정을 국민이 확인할 수 있도록 공개 범위를 넓히고, 판결문 공개를 의무화해야 재판의 투명성이 강화된다. 그리고 대법원장과 법관 인사권이 소수 엘리트 집단에 집중되는 구조를 개선하고, 국민 참여를 확대하기 위해 법관 인사 제도를 민주적으로 바꿔야 한다. 그뿐만 아니라 재판 지연 방지도 제도화해야 한다. 의도적인 지연이나 불필요한 기일 연기를 제한하는 법적 장치를 마련해야 할 것이다. 이렇게 국민주권 정부가 내세울 사법 개혁 비전은 대한민국 민주주의의 안전장치다.

OK김경표, OK광명!

　대한민국은 지금 중대한 기로에 서 있다. 정의와 민주주의의 길을 갈 것인가, 아니면 과거 권력 남용과 불법의 그림자 속으로 후퇴할 것인가. 내란특별재판부 설치와 사법 개혁은 단순히 한 사건의 해결책이 아니다. 그것은 대한민국의 미래를 위한 역사적 과업이다. 우리는 내란을 신속히 척결하고, 사법 개혁을 완수하며, 정의와 민주주의가 살아 숨 쉬는 나라를 만들어야 한다. 국민과 함께할 때, 대한민국은 다시 태어나고, 세계사 속에서 정의로운 나라로 우뚝 설 수 있을 것이다.

■ 2025/09/14

한국 기술자 단속 사태,
동맹의 신뢰를 저버린 횡포다!

최근 미국에서 현대자동차와 LG에너지솔루션 등 한국 기업 공장에서 근무하던 한국인 기술자들이 대규모 단속을 당하고, 일부는 구금까지 되는 충격적 사태가 발생했다. 현지 가족과 동료들이 눈물로 맞이해야 했던 이번 사건은 단순한 불법 체류 단속의 차원을 넘어선다.

이는 한국 기업과 근로자의 권익을 정면으로 침해한 사건이자, 한미 동맹 관계의 신뢰를 흔드는 심각한 사태다. 수십 년간 한미 양국은 경제·안보·외교 전반에 걸쳐 긴밀한 협력을 유지해왔다. 특히 한국 기업들은 미국의 산업과 일자리 창출에 지대한 기여를 해 왔으며, 바이든 행정부 시절부터 강조된 '글로벌 공급망 안정화'의 핵심 파트너로 자리매김해 왔다.

     OK김경표, OK광명!

그렇지만 결국 이번 단속 사태는 미국이 동맹국을 존중하기보다는 필요할 때만 이용하는 태도를 드러낸 대표적 사례라 할 수 있다. 우리는 이런 미국의 '말'과 '행동'의 괴리, 이중적 태도, 동맹에 관한 배신행위를 규탄하지 않을 수 없다.

얼마 전 도널드 트럼프 대통령은 공개적으로 "배터리, 반도체, 컴퓨터, 선박, 열차 등 첨단 산업 분야에 전문 인력이 부족하다"라며 외국 전문가의 필요성을 인정했다. 심지어 "해당 분야에 능숙한 사람을 불러 일정 기간 머물게 하고 도움을 받아야 한다"라고 발언했다.

그러나 현실에서 미국은 정반대의 행동을 취했다. 정작 필요한 첨단 산업의 숙련 기술자들, 특히 한국에서 파견된 인력들을 범죄자 취급하며 단속하고 구금한 것이다. 이는 '필요할 때는 불러들이고, 필요가 없어지면 버린다'는 냉혹한 현실을 드러낸 것이며, 동맹국 국민을 존중하지 않은 모순적 행위다.

지금까지 미국은 자유와 민주주의, 공정 경쟁을 강조하며 세계적 리더를 자처해 왔다. 그러나 자국의 산업 이익을 위해서는 동맹국조차 예외 없이 희생시킬 수 있다는 태도를 이번 사건을 통해 노골적으로 드러냈다. 이는 '법 집행'이라는 명분 뒤에 숨은 경제적 이기주의이자, 국제 신뢰를 무너뜨리는 자기모순적 행위나 다름없다.

특히 한국은 미국의 동맹으로서 수십 년간 경제적·군사적 지원과 협력을 아끼지 않았다. 한국 기업들이 수십조 원에 달하는 투자로 미국 현지에 공장을 세우고, 수많은 일자리를 창출했음에도 결국 미국은 이번 단속으로 화답했다. 이는 동맹의 정신을 훼손하는 '배신행위'라 할 수 있다.

이재명 대통령은 이번 사태에 관해 세 가지 중요한 지적을 내놓았다.

첫째, 한국 기업의 불이익 문제다. 대통령은 "미국 현지 공장을 설립할 때 우리 기업이 불이익을 받을 수밖에 없다"라고 강조했다. 이번 사태 때문에 한국 기업들의 경영 불확실성이 커지고, 향후 투자 의사에도 부정적 영향을 미칠 수 있다.

둘째, 기술 인력 부족의 모순이다. "기술자가 있어야 기계와 장비

  OK김경표, OK광명!

설치를 할 수 있는데, 미국은 그런 인력이 없으면서도 우리 기술자들에게 체류 비자를 보장하지 않는다"라는 지적은 매우 타당하다. 한국 기술자의 전문성에 의존하면서도, 그들의 합법적 체류를 보장하지 않은 것은 명백한 불공정이다.

셋째, 대미 투자 전반에 미치는 파장이다. 대통령은 이번 사태가 "앞으로 대미 직접 투자에 상당히 큰 영향을 미칠 수 있다"라고 경고했다. 이는 단순히 기업 차원의 문제가 아니라, 국가 간 경제 협력 구조 전반에 심대한 타격을 줄 수 있는 사안이다.

위와 같은 이재명 대통령의 발언은 사건의 본질을 정확히 짚어 냈으며, 한국 정부의 향후 대응 방향을 제시한 것이라 할 수 있다.

이에 대한민국은 철저한 대응과 향후 과제를 설정해야 한다. 먼저 정부는 미국에 첨단 산업 협력 인력을 위한 특별 비자 제도 신설을 공식 요구해야 한다. 이는 단순한 편의가 아니라 동맹 신뢰 회복의 전제 조건이다. 그리고 만약 미국이 한국 인력을 제한한다면, 한국도 미국 기업의 국내 활동과 특혜를 재검토해야 한다. 이는 대등한 동맹 관계를 위한 불가피한 조치다.

우리는 여기서 멈출 수 없다. 한국은 미국 의존적 투자를 줄이고, 유럽·동남아·중동 등지로 투자 다변화를 추진해야 한다. 이는 단순한 경제 전략이 아니라, 국가 주권과 산업 안보를 지키는 필수 과제다.

　그뿐만 아니라 한국은 G20, UN, WTO 등 국제 무대에서 미국의 이중적 행태를 적극 제기해야 한다. 국제 여론을 통해 압박을 가하고, 동맹국의 권익을 보호해야 한다. 더 나아가 정부만이 아니라 국회, 기업, 시민사회가 함께 나서 미국의 횡포를 규탄하고, 한국인의 권익을 지켜 내야 한다. 국민적 단합이 필요하다 하겠다.

　다시 말씀드리지만, 이번 사태는 결코 일회적인 사건이 아니다. 동맹이라는 이름 뒤에 가려져 있던 불평등 구조가 폭발적으로 드러난 사건이다. 미국은 선택해야 한다. 한국을 진정한 동맹이자 파트너로 존중할 것인지, 아니면 필요할 때만 이용하는 대상으로 취급할 것인지.

　　　　　　　　　　　　　　　　　　　　OK김경표, OK광명!

단언컨대 한국은 더 이상 불평등한 관계를 용인하지 않을 것이다. 국민과 기업을 지켜 내기 위해 필요한 모든 조치를 단호히 취할 것이다. 우리는 미국 정부의 횡포를 강력히 규탄하며, 앞으로도 당당히 우리의 길을 걸어갈 것이다. 동맹은 존중 위에 세워져야 한다. 미국은 이제 선택해야 한다.

■ 2025/09/17

주가 상승, 정치 안정과 경제 정책 신뢰가 만든 성과

새 정부 출범 이후 한국 증시는 연일 최고치를 경신하며 투자자와 국민 모두에게 강력한 신호를 보내고 있다. 코스피 지수는 최근 3개월 동안 3,100포인트에서 3,500포인트를 오르내리며 단기 상승률 9%와 더불어 역대 최고가를 기록했다. 외국인 투자자 순매수액은 15조 원을 넘어섰다. 단순한 지표 변동이 아니다.

이번 상승은 정치적 안정과 경제 정책의 신뢰가 시장에 반영된 것이며, 한국 경제의 구조적 성장 가능성을 보여 주는 상징적 사건이다. 과거 정치 불안과 정책 불확실성으로 주가가 요동치던 상황을 떠올리면, 이번 상승은 단순한 우연이 아니다. 정부의 안정적 국정 운영과 정책 일관성이 시장에 심리적 안정을 제공한 결과이며, 이는 앞으로 5년 임기 내 5,000포인트 달성 가능성을 실질적으로 높였다.

특히 이재명 대통령이 제시한 경제 정책의 신뢰성이 큰 역할을 했다. 산업 구조 전환, 신산업 육성, 중소기업·스타트업 지원 정책이 동시에 추진하며 시장의 기대를 견고히 하고 있다. 금융시장 참여자들은 이러한 정책의 일관성과 실행력을 확인하며 투자에 나서고 있고, 그 결과 단기적 유동성 효과를 넘어 장기적 성장 기대가 주가에 반영됐다.

실제로 국내 IT·반도체 업종의 외국인 투자 비중은 지난 6개월간 5% 증가했으며, 배터리·친환경 에너지 관련 기업의 시가총액도 10% 이상 상승했다. 정책 신뢰가 곧 시장 신뢰로 연결되는 구조를 여실히 보여 주는 사례다.

앞으로 5년 임기 동안 주가 5,000포인트 달성 전망은 결코 과장된 낙관이 아니다. 신산업 투자 확대, 중소기업 혁신 지원, 노동 시장 안정화 정책, 친환경·첨단 산업 육성 등 정부 정책이 일관되게 추진되고, 금융시장과 기업, 노동계, 국민이 이를 뒷받침한다면 충분히 실현 가능한 시나리오다.

그러나 이를 위해선 단순한 정책 발표를 넘어 실제 실행력과 국민적 협력이 필수적이다. 투자자 신뢰를 얻기 위해 정책 집행 과정의 투명성을 강화하고, 재정·세제 지원을 체계적으로 배치해야 한다. 또한 정부가 추진하는 신산업 정책은 민간과의 협력이 필수적이다.

OK김경표, OK광명!

다시 한번 강조하지만, 이번 상승은 정치 안정과 정책 신뢰가 얼마나 중요한지를 명확히 보여 준다. 과거 정치적 혼란으로 주가가 연일 등락을 거듭하고 외국인 자금이 빠져나갔던 경험은 결코 잊을 수 없다.

2016년과 2017년, 2024년 정치적 공백과 대통령 탄핵 국면에서 코스피는 단기간 15% 가까이 급락했고, 기업 투자 심리와 내수 소비는 큰 타격을 받았다. 이번 상승세는 바로 이러한 역사적 교훈이 반영된 결과라 할 수 있다.

한국 경제가 5,000포인트를 넘어 안정적 성장 궤도에 오르기 위해선 지금부터 국민과 기업 모두가 긴장감을 유지하고 책임 있는 참여를 해야 한다. 미래를 위해 지금의 상승세를 지키고 확대하려는 국민적, 산업적 노력이 결코 선택이 아닌 필수라는 점을 명심해야 한다.

■ 2025/09/21

미국의 관세 압박, 국익은 결코 팔아넘길 수 없다

한미 관세 협상이 또다시 동맹의 민낯을 드러냈다. 이번 협상은 단순한 세율 조정이 아니라, 한국 경제의 근간과 주권이 걸린 중대한 사안이었다. 그러나 미국은 '동맹'이라는 미명 아래 자국의 이익만을 앞세웠다.

대표적인 사례가 자동차 관세 문제다. 미국은 기존 자국산 자동차 관세율 25%를 15%로 낮추는 대신, 무관세였던 한국산 자동차에 동일하게 15%를 부과하겠다고 구두 합의했다. 표면적으로는 상호주의처럼 보인다. 하지만 현실은 한국이 일방적으로 역진적 부담을 떠안는 구조다. 지금까지 무관세로 수출하던 자동차에 15% 장벽이 생기면, 현대·기아차를 비롯한 국내 완성차 산업은 연간 최소 50억 달러 이상의 직격탄을 맞게 된다. 반면 미국 업체들은 25%의 높은 장벽이 15%로 내려가며 실질적 이익을 챙겼다. 겉만 번지르르한 '호혜'의 포장 뒤에 숨은 불평등이 적나라하다.

여기서 그치지 않았다. 미국은 한국에 총 3,500억 달러 규모의 투자 패키지를 요구했다. 이 가운데 1,000억 달러는 미국산 에너지 구매, 나머지는 반도체·배터리 등 첨단 산업 투자 명목이었다. 문제는 배분 구조다. 투자 이익의 90%를 미국이 가져가는 조건이었으며, 집행 기한은 고작 45일이었다. 한국 기업과 정부가 자금을 쏟아붓고 위험을 떠안는 동안, 미국은 과실만 챙기는 구조였다. 이 같은 조건은 협상이 아니라 사실상 협박이었다.

과거 일본은 미국과의 통상 협상에서 안보 동맹을 명분으로 상당 부분을 양보했다. 그 결과 농업은 붕괴했고, 제조업 경쟁력은 급격히

약화됐다. 일본 자동차의 대미 수출 제한, 반도체 시장에서의 몰락은 모두 불평등한 협상의 대가였다. 일본의 전철은 한국이 반드시 피해야 할 뼈아픈 경고다.

이재명 대통령은 타임지와의 인터뷰에서 "미국의 요구가 불공정하다면 결코 서명하지 않겠다. 만약 그런 합의에 서명했다면 국민은 저를 탄핵했을 것이다"라고 단언했다. 이는 단순한 협상 수사가 아니라, 불평등 합의에는 결코 굴복하지 않겠다는 국민 앞의 약속이며, 국익 수호를 요구하는 국민의 눈높이에 부합하는 최소한의 원칙이었다.

그럼에도 일부 보수 단체와 언론은 지난 한미 정상회담에서 왜 서명하지 않았느냐며 억지 비판을 쏟아 냈다. 그러나 무조건적 서명은 국익을 팔아넘기는 굴욕이다. 이명박·박근혜 정부 시절 불평등 협정과 미국산 쇠고기 협상은 국민적 분노와 사회적 갈등만 낳았다. 당시 정부가 보여 준 태도는 '굴복=실리'라는 착각이었지만, 결과는 전혀 달랐다. 서명하지 않은 것이야말로 이번 정부의 성과이자 책임 있는 결단이다.

이재명 대통령은 22일 로이터통신과의 인터뷰에서도 분명한 경고를 내놓았다. 그는 "한미 통화스와프 없이 미국이 요구하는 방식대로 3,500억 달러를 전액 현금으로 미국에 투자한다면 한국 경제는 1997년 외환 위기와 같은 심각한 위기를 맞을 수 있다"라고 우려했다. 미국의 요구가 단순한 협상이 아니라 한국 경제의 근간을 뒤흔들 수 있는 위험한 압박임을 직설적으로 드러낸 것이다.

   OK김경표, OK광명!

미국 내부에서도 비판은 제기됐다. 미국 경제정책연구소(CEPR)의 수석 연구원 딘 베이커는 "트럼프가 제안한 방식이 사실이라면 한국은 국가 총생산 대비 미미한 수출 손실을 막기 위해 이를 받아들이는 것은 어리석은 결정"이라고 지적했다. 그는 "차라리 트럼프 말대로 할 바엔 수출 업체를 직접 지원하는 편이 낫다"라고 덧붙였다. 이는 미국 내 전문가조차 이번 요구가 경제적 합리성을 상실한 불평등한 강요라는 점을 확인해 준다.

앞으로 우리가 취해야 할 전략은 분명하다. 첫째, 모든 협상에서 철저히 호혜성 원칙을 지켜야 한다. 상대가 일방적으로 이익을 챙기는 구조는 지속될 수 없다. 둘째, 무역 다변화를 추진해야 한다. 유럽연합(EU), 동남아, 중남미 등 새로운 시장을 개척해 미국 의존도를 낮출 때 협상력이 비로소 생긴다. 셋째, 협상 과정은 국민 앞에 투명하게 공개되어야 한다. 불평등 조건은 국민적 감시와 비판 속에서만 단호히 거부할 힘을 얻는다. 넷째, 동맹 관계를 유지하되 종속적 동맹이 아니라 대등한 파트너십으로 발전시켜야 한다. 안보 협력은 중요하지만, 그것이 경제 주권을 포기하는 면죄부가 되어서는 안 된다.

분명 이번 협상에서 드러난 수치와 요구 조건은 충격적이었다. 그러나 대통령이 보여 준 단호한 거부와 공개적 비판은 국익을 지키는 최소한의 방파제였다. 국익 없는 합의는 굴욕이며, 굴욕은 미래를 팔아넘기는 행위다. 한국은 더 이상 약소국이 아니다. 압박에 굴하지 않고 자존과 국익을 지키는 협상을 이어 가야 한다. 그것이야말로 진정한 동맹을 지키는 길이며, 대한민국의 미래를 지키는 유일한 길이다.

■ 2025/09/24

OK김경표, OK광명!

사법 개혁, 국민의 힘으로 반드시 이긴다

사법 개혁은 더 이상 선택이 아닌 사명의 문제다. 작금에 발생한 이재명 대표의 선거법 재판에서 대법원이 무죄 취지로 파기 환송 결정을 내린 사건, 지귀연 판사의 윤석열 전 대통령 석방 결정, 그리고 끝없이 이어지는 재판 지연 등은 사법 제도가 얼마나 무능하고 불공정한지 드러냈다. 이 모든 사건은 단순한 우연이 아니라, 기득권 카르텔이 지배하는 사법 구조의 민낯이다.

2019년 드러난 '사법행정권 남용 사태'는 사법부 권력이 국민 위에 군림할 때 어떤 폐해가 발생하는지를 증명했다. 사법부 내부조차 대법관 증원과 제도 개혁의 필요성에 공감했다는 사실은, 개혁이 결코 정치적 구호가 아니라 구조적 필연임을 보여 준다. 그러나 그동안 개혁은 단 한 번도 제대로 실현되지 못했다. 이유는 명확하다. 법원·검찰·보수 정치권에 깊숙이 뿌리내린 특권 세력이 온몸으로 저항했기 때문이다.

이들은 언제나 '사법의 독립'이라는 가짜 명분을 들이밀었지만, 그 본질은 국민이 아니라 자신들의 권력과 기득권을 지키기 위한 방패였다. 국민은 외면한 채 권력자와 재벌, 그리고 정치적 동맹의 편에만 서 온 것이 한국 사법의 현실이었다.

오늘날 민주당과 이재명 정부가 추진하는 사법 개혁은 바로 이 적폐 구조를 허무는 역사적 과제다. 그러나 개혁이 본격화되자마자 국민의힘과 기득권 세력이 곳곳에서 준동하기 시작했다. 이들은 개혁의

  OK김경표, OK광명!

본질을 의도적으로 왜곡하고, 특정 사건을 침소봉대하며, 개혁을 '정치 보복'으로 몰아가려 한다. 이는 명백히 국민의 요구를 짓밟고, 민주주의를 가로막는 반역 행위다.

개혁의 본질은 분명하다. 재판의 공정성 확보, 사법 권력의 민주적 통제, 법관과 검찰 권한의 합리적 분산이다. 구체적 과제 또한 뚜렷하다.

첫째, 대법관 증원과 재판 효율화로 사건 적체를 해소하고 국민의 권리를 제때 보장해야 한다.

둘째, 대법원 행정처 권한을 민주적으로 분산해 재판 독립을 보장해야 한다.

셋째, 법관 인사 제도의 공정성을 확립해 권력에 충성하는 자가 출세하는 썩은 구조를 끊어 내야 한다.

넷째, 국민 참여 확대를 위해 배심제와 판결문 공개를 강화해야 한다.

지금 민주당과 이재명 정부가 심혈을 기울여 추진하는 3대 개혁(검찰 개혁, 언론 개혁, 사법 개혁)은 단순한 제도 손질이 아니라 대한민국을 진짜 민주주의 국가로 재탄생시키는 초석이다. 그렇기에 기득권 세력은 온갖 수단을 동원해 개혁을 좌초시키려 들 것이다. 국민의힘은 거짓 선동과 정치 공세로, 법조 카르텔은 제 식구 감싸기로, 언론 권력은 왜곡 보도로 개혁을 흔들려고 할 것이다. 이들의 목적은 단 하나다. 국민이 아닌 자신들의 권력을 지키는 것이다.

그러나 우리는 분명히 말한다. 기득권의 방해가 아무리 거세도 개혁은 멈추지 않는다. 만약 이번에도 개혁이 좌절된다면, 대한민국의 정의와 공정은 아주 긴 시간 요원해질 것이다. 그러기에 이번 개혁의 고삐는 더 가열차게 당겨야 하며 반드시 완수해야 할 국민의 명령이다.

특히 사법 개혁은 곧 민주주의의 완성이다. 국민의힘과 기득권 세력이 아무리 발목을 잡아도 역사의 시계는 결코 거꾸로 돌지 않는다. 오히려 저들의 방해와 준동이 심해질수록, 개혁의 정당성과 불가피성은 더 분명해질 뿐이다.

'진짜 대한민국, 새로운 대한민국'은 사법 개혁에서 시작된다. 이재명 정부가 추진하는 개혁은 국민의 정의와 공정을 위한 싸움이며, 국민의힘과 기득권 세력이 벌이는 저항은 국민 전체를 향한 반역이다. 국민은 결코 패배하지 않을 것이며, 반드시 개혁을 완수하여 역사를 바로 세울 것이다.

■ 2025/09/28

 OK김경표, OK광명!

반개혁·내란 세력, 대대적인 준동이 시작됐다

9월 30일 어제, 대한민국 민주주의 앞에 또 한 번의 거대한 도전이 몰려왔다. 반개혁 세력, 독재 정권의 후예들, 윤석열 내란 세력이 드디어 본색을 드러내며 개혁을 방해하는 대대적인 준동을 하기 시작한 것이다. 이들의 움직임은 단순한 정쟁이 아니다. 그것은 국민이 피와 눈물로 지켜 낸 민주주의를 짓밟고, 어렵게 극복한 내란의 역사를 되살리려는 반역이다.

우리는 기억한다. 여의도에서 광화문까지, 폭우와 강풍을 뚫고 민주주의를 지켜 내겠다며 촛불과 응원봉을 높이 들었던 그 숭고한 날들을. 국민의 피 끓는 외침이 있었기에 오늘의 대한민국이 존재한다. 그런데 지금, 우리가 새로운 나라를 세우기 위한 발걸음을 멈춘다면, 그 모든 헌신과 투쟁은 허망하게 무너지고 말 것이다. 그러므로 민주 세력은 과거보다 더 단단히 뭉쳐야 하며, 반드시 승리를 거머쥐어야 한다. 이것은 선택이 아니다. 역사가 내린 냉엄한 명령이다.

바로 어제, 김건희 특검에 파견된 검사 40명이 집단 입장문을 내고 특검에 반발했다. "수사와 공소 유지가 결합된 업무는 혼란스럽다"라는 말도 안 되는 궤변을 늘어놓으며 국민을 기만했다. 그러나 국민은 이미 알고 있다. 특검이 왜 만들어졌는지를. 검찰이 정치적 중립을 완전히 상실했기 때문이다.

그런 주체들이 이제 와서 특검의 정당성을 흔들고 나서는 것은, 개혁의 당위성을 덮기 위한 치졸한 몸부림일 뿐이다. 이미 검찰은 국민의 신뢰를 잃었다. 하루하루가 검찰 개혁의 불가피성을 증명하는 시간이다. 저들의 저항은 결코 개혁을 막지 못한다. 오히려 국민의 분노를 끌어올려 개혁의 불길을 더 거세게 만들 뿐이다.

 OK김경표, OK광명!

30일, 국회 법사위가 사법 개혁 논의를 본격화하며 조 대법원장의 청문회 출석을 요구했으나, 그는 끝내 불출석을 선택했다. 이것이야말로 책임 회피의 전형이다. '사법부 독립'이라는 허울 좋은 변명을 내세우며 국민 앞에 서기를 거부한 것이다. 이미 사법부는 권력 유착과 부패 의혹으로 국민의 신뢰를 산산조각 냈다. 그럼에도 최고 책임자가 국민의 부름을 외면한다? 이것은 국민을 조롱하는 행위다. 사법부 스스로 개혁의 칼날을 불러들이는 자멸의 길을 걷고 있는 것이다.

또 어제 지귀연 판사 사건은 국민의 분노를 극한으로 몰아넣었다. 윤석열을 석방하고 재판을 질질 끌며 '침대 재판'이라는 비판을 자초하더니, 룸살롱 접대를 수십 차례 받았다는 의혹까지 불거졌다. 심지어 접대 정황이 드러날 때마다 휴대폰을 교체하며 증거를 은폐하려 했다는 정황까지 있다. 그러나 대법원 감사위원회는 '심의 보류'라는 이름으로 사실상 감싸기에 나섰다.

이것이 사법부의 민낯이다. 부패 판사를 비호하고 개혁을 회피하는 기득권 구조. 국민은 더 이상 참지 않는다. 이런 자기 보호적 행태는 거대한 분노의 불길로 타올라, 반드시 더 거센 사법 개혁의 폭풍을 불러올 것이다.

최근에는 법원 내부의 반개혁 움직임까지 노골화되고 있다. 일부 판사 모임은 법원행정처 권한 축소에 반대하며 조직적 성명을 준비하고 있다. 그러나 국민은 이미 다 알고 있다. 법원행정처가 수십 년간 사법 농단과 재판 거래의 온상이었음을! 이제 그 부패의 뿌리를 뽑겠다는 개혁을 '사법부 자율성 침해'라며 포장하는 것은, 기득권을 사수하겠다는 가증스러운 외침일 뿐이다.

그럼에도 국민의힘과 보수 언론은 사법 개혁을 '사법 개혁 독재'라고 왜곡한다. 기득권을 지키려는 그들의 발버둥은 추악하다. 국민이 요구하는 정의로운 개혁을 가로막기 위해 허위와 왜곡으로 무장하는 자들. 그들이 지키려는 것은 국민이 아니다. 오직 법조 카르텔과 자신들의 썩은 권력일 뿐이다. 민주주의는 결코 기득권의 방패막이가 아니다. 국민의 권리를 수호하기 위해 존재하는 제도다. 이를 거꾸로 호도하는 정치 세력은 역사의 법정, 국민의 심판대에서 결코 살아남을 수 없다.

오늘 대한민국은 운명의 기로에 서 있다. 반개혁 세력, 내란의 후예들, 법조 카르텔, 부패 정치 세력이 총체적으로 준동하며 민주주의를 흔들고 있다. 그러나 국민은 두렵지 않다. 우리는 이미 경험했다. 군부 독재를 무너뜨렸고, 촛불로 권력을 심판했으며, 응원봉으로 내란의 위기조차 극복했다.

우리는 이 싸움에도 반드시 승리한다. 국민이 있기 때문이다. 민주주의가 있기 때문이다. 역사는 이미 증언하고 있다. 그리고 이번에도, 반드시 국민이 역사를 새로 쓸 것이다.

■ 2025/10/1

 OK김경표, OK광명!

<h1 style="text-align:center">경주 APEC, 세계를 향한
대한민국 외교의 새로운 도약</h1>

10월, 천년의 고도 경주가 다시 세계의 주목을 받고 있다. 이달 말 열리는 아시아·태평양경제협력체(APEC) 정상회의는 단순한 외교 행사가 아니라, 대한민국의 외교 역량과 리더십을 세계에 증명할 무대다. 특히 이번 회의는 한국이 의장국으로서 전 세계 21개 회원국 정상을 맞이하고 의제를 주도한다는 점에서, 국제 사회의 중심으로 우뚝 서는 역사적 기회이기도 하다.

지금 세계는 미·중 전략 경쟁, 공급망 재편, 기후 위기, 그리고 한반도 안보 위기 등 복합적인 도전에 직면해 있다. 이러한 시기에 한국이 어떤 해법을 제시하고 어떤 목소리를 내느냐는 곧 대한민국의 위상과 직결된다. 경주 APEC은 우리나라가 단순히 국제 사회에 '참여'하는 나라를 넘어, 협력의 방향을 '설계'하고 이끌어 가는 주도국으로 도약할 수 있는 무대다.

이재명 대통령은 취임 이후 줄곧 외교의 중심 가치를 '실용과 균형'으로 제시해 왔다. 강대국 사이의 이해관계 속에서도 국익을 최우선으로 하는 실리 외교를 펼쳐 온 대통령의 철학은 이번 APEC에서도 분명히 드러날 것이다. 미국과의 통상 협상, 중국과의 경제 협력, 그리고 한반도 평화 구상 등 복잡한 현안을 동시에 풀어내야 하는 이번 회의는 대통령의 외교적 역량이 총체적으로 평가받는 장이 될 것이다.

특히 대통령이 강조한 '국민이 함께 만드는 외교'는 이번 APEC 준

   OK김경표, OK광명!

비 과정에서 그 진가를 발휘하고 있다. 정부는 이번 APEC을 앞두고 '경주 시민 참여 환대 캠페인'과 '전국 친환경 도시 정비 프로젝트'를 추진하고 있다. 단순한 행사 준비를 넘어, 깨끗한 도시 환경 조성, 교통·관광 인프라 정비, 지역 자원봉사 확대를 통해 '국민이 함께 손님을 맞는 나라'의 품격을 보여 주려는 것이다. 이는 행정과 국민이 함께 힘을 모아 세계를 향해 '함께 준비하는 대한민국'의 모습을 실천하는 과정이기도 하다. 이재명 대통령의 외교가 단순한 협정이나 회담에 머물지 않고, 국민의 참여와 자부심으로 확장되고 있다는 점에서 매우 뜻깊다.

이번 회의에서 한국이 집중해야 할 과제는 분명하다. 첫째, 미국과의 통상 현안 조율이다. 최근 철강, 배터리, 전기차 등 전략 산업 분야에서 미국의 보호 무역 조치가 강화되고 있는 만큼, 대통령은 실리 중심의 협상을 통해 우리 기업의 권익을 지켜야 한다. 이는 '원칙 있는 동맹, 이익을 나누는 동반자'라는 새로운 외교 패러다임을 실현하는 과정이기도 하다.

그리고, 중국과의 관계 안정이다. 최대 교역국인 중국과의 경제 협력은 단절이 아니라 조율의 문제다. 공급망 안정, 신재생에너지 협력, 인적 교류 확대를 통해 상호 의존적 파트너십을 새롭게 재구성해야 한다. 또한, 한반도 평화 프로세스 복원이다. 북한 문제는 더 이상 한반도만의 문제가 아닌 아시아·태평양 전체의 안보 이슈다. 대통령은 '비핵화와 대화 병행'이라는 실질적 해법을 제시하며 국제 사회의 지지를 확보할 계획이다.

이번 경주 APEC의 상징성 또한 크다. 경주는 신라 천년의 수도이자, 문화유산이 살아 숨 쉬는 도시다. 대통령은 경주를 단순한 개최지가 아닌 '역사와 혁신이 공존하는 대한민국의 얼굴'로 만들려 하고 있다. 첨단 산업과 문화유산이 조화를 이루는 경주의 모습은 지속 가능한 미래를 향한 한국의 비전을 상징한다.

이제 남은 시간은 온 국민이 한마음으로 이 뜻깊은 회의를 준비해야 할 때다. 경주 APEC은 정부만의 행사가 아니라 대한민국 전체가 만들어 가는 국가 프로젝트이다. 국민의 참여와 응원이 모여야 세계가 감동할 '한국형 외교 모델'이 완성된다. 정부와 국민, 지방과 중앙이 함께 움직여 깨끗한 도시, 따뜻한 환대, 품격 있는 국가 이미지를 보여 준다면, 이번 APEC은 단순한 회의가 아닌 대한민국의 새로운 도약의 출발점이 될 것이다.

이재명 대통령의 실용 외교와 국민 참여 외교가 결합된 이번 경주 APEC은 대한민국 외교의 미래 방향을 제시할 것이다. 우리는 이번 회의를 통해 '세계 속의 대한민국'을 넘어 '세계를 이끄는 대한민국'으로 우뚝 서는 순간을 맞이하게 될 것이다.

■ 2025/10/9

   OK김경표, OK광명!

언론의 준동은 시작됐다,
싸움의 승패는 국민 손에 달려 있다

　정권이 바뀔 때마다 반복되는 일이 있다. 바로 언론의 준동이다. 이들은 스스로를 '민주주의의 파수꾼'이라 자처하지만, 실제로는 권력의 그림자 속에서 여론을 조작하고, 자신들의 이해관계에 따라 진실을 왜곡해 왔다. 대선과 총선을 비롯한 주요 정치국면마다 언론은 객관적 사실보다 정치적 의도를 앞세워 국민의 눈과 귀를 가려 왔다.

　특히 이재명 대통령은 그 왜곡된 언론의 최대 피해자라 해도 과언이 아니다. 후보 시절부터 가짜 뉴스와 허위 보도, 자극적인 제목으로 포장된 왜곡 기사는 수없이 쏟아졌다. 그러나 그는 유튜브, SNS 등 새로운 플랫폼을 통해 국민과 직접 소통하며 진실을 알리고 버텨 냈다. 그 결과, 국민은 점차 언론의 프레임이 아닌 '팩트'로 판단하기 시작했고, 그 흐름이 지금의 정권 교체로 이어졌다.

하지만 이 변화는 언론에겐 곧 위기였다. 자신들의 영향력이 약화되고, 검찰·사법부와의 견고한 기득권 구조가 흔들릴 것을 우려한 언론은 정권 초반부터 조직적인 반격에 나섰다. 그 대표적인 사례가 바로 추석 전후 불거진 '냉부해 논란'이다.

JTBC 예능 프로그램에 이재명 대통령이 출연한다는 이유만으로, 일부 언론들은 하루 수백 건의 비난성 보도를 쏟아 냈다. 한국언론진

　　　　　　　　　　　　　　　　　　　　OK김경표, OK광명!

홍재단 뉴스 빅데이터 분석 결과에 따르면, 이 대통령의 '냉부해' 출연 관련 보도는 무려 992건, 하루 평균 100건 가까이였다.

반면 윤석열 정권 당시의 '명태균-김건희 공천 개입 논란'은 489건, '대통령실 해병대 수사 외압 논란'은 276건, 김건희 씨의 '디올백 수수 의혹'은 106건에 불과했다. 국민의 알 권리를 운운하던 언론이 권력형 비리에는 침묵하고, 예능 출연에는 과잉보도를 일삼는 이중 잣대의 실체가 드러난 셈이다.

이것이 단순한 해프닝이 아닌 이유는 명확하다. 언론이 이미 정권 흔들기의 기초 공사를 시작했기 때문이다. '보도'라는 이름 아래 정치적 선동을 감행하고, '비판'이라는 명분으로 개혁의 발목을 잡으려는 것이다. 언론, 검찰, 사법부의 기득권 연대는 여전히 살아 있고, 이들이 다시 손을 잡는 순간 개혁은 벽에 부딪히게 된다.

이재명 정부가 추진하는 검찰 개혁과 언론 개혁은 단지 권력 구조의 재편이 아니다. 그것은 국민의 신뢰를 회복하고, 민주주의의 기틀을 바로 세우는 일이다. 그러나 그 길은 결코 순탄치 않다. 기득권 세력은 이미 반격을 시작했고, 이 싸움은 '진실을 누가 지키느냐'의 문제로 확장되고 있다.

이제 필요한 것은 정부의 개혁 의지를 뒷받침할 국민의 참여와 연대다. 언론이 왜곡된 프레임을 만들면, 우리는 그것을 바로잡는 글을 쓰고, 공유하고, 댓글로 진실을 전해야 한다. SNS와 포털에서 우리의 목소리를 확산시키는 일은 단순한 여론전이 아니라, 민주주의를 지키는 시민 행동이다.

정권을 되찾는 것만큼 중요한 것은 그 정권을 성공시키는 일이다. 국민이 방관자로 머문다면, 언론과 기득권은 다시 역사의 수레바퀴를 되돌릴 것이다. 그러나 국민이 깨어 있다면, 어떤 왜곡도, 어떤 준동도 결국 빛 앞에서 어둠이 사라지듯 사라질 것이다.

언론의 준동은 이미 시작됐다. 그러나 진실을 지키는 국민의 각성이 더 빠르게, 더 강하게 시작되어야 한다. 이 싸움의 승패는 결국 국민의 손에 달려 있다.

■ 2025/10/12

　　　　　　　　　　　　　　　　　　OK김경표, OK광명!

윤석열 정권을 국감하라!
부패와 무능을 청산해야 새로운 대한민국이 선다

10월 13일, 이재명 정부 출범 이후 첫 국정감사가 시작됐다. 이번 국감은 단순히 새 정부를 평가하는 절차가 아니다. 국민의 이름으로 윤석열 정권이 남긴 부패와 폐해를 단죄하고 바로잡는 역사적 심판의 장이 되어야 한다.

이재명 정부는 아직 장관 임명 두 달, 산하 공기업 인사조차 제대로 손대지 못한 상태다. 이는 망가진 국정 시스템과 무책임한 행정, 그리고 공정과 정의의 붕괴가 그대로 이어지고 있음을 보여 준다.

지난 3년간 뿌리 깊게 박힌 부패와 무능은 국민에게 깊은 분노와 허무를 안겼다. 그럼에도 책임을 져야 할 국민의힘은 정략과 기만으로 일관하며 개혁을 가로막고 있다. '3대 특검' 추진 방해, 해외 범죄 사건 책임 전가 등은 국민을 모독하는 정치적 타락의 극치다.

특히 캄보디아 납치·감금 사건은 윤석열 정권의 무책임과 외교 실
패를 적나라하게 보여 준다. 신고 건수는 2021년 4건에서 2022년
220건, 올해 8월 기준 330건을 넘어섰다. 그럼에도 결국 국민의 안전
보다 외형적 성과만 강조하며, 캄보디아 지원 ODA는 대폭 확대되고
국제 범죄 대응 인력은 오히려 축소됐다. 국민의 생명과 안전을 버리
고 오직 권력과 치적에만 열을 올린 것이다.

이번 국정감사는 윤석열 정권의 모든 국정 운영과 책임을 낱낱이

OK김경표, OK광명!

폭로하고 심판하는 자리다. 검찰권 사유화, 언론 길들이기, 정치 보복, 공적 자원의 사적 유용 등 지난 3년간 대한민국의 불공정과 부패, 불신을 만든 범죄적 행태를 철저히 파헤쳐야 한다.

이재명 정부가 내세운 '국민참여정권'의 의미도 여기에 있다. 권력의 주인은 국민이다. 국정은 국민 앞에 투명하게 열려야 하며, 국민이 직접 감시할 수 있어야 한다. 이번 국감은 단순히 과거를 추궁하는 자리가 아니라, 대한민국의 미래를 바로 세우는 역사적 사명이다.

국민은 묻고 있다. "누가 국민을 위해 싸웠고, 누가 권력을 위해 국민을 버렸는가?" 그 답은 이번 국감의 성과로 반드시 밝혀져야 한다. 윤석열 정권을 국감하라! 부패와 무능을 청산하지 않고서는, 대한민국은 결코 다시 설 수 없다.

■ 2025/10/15

무너지는 공소, 폭로되는 불법 증거
– 사법부의 실체가 드러나기 시작했다

이재명 대통령을 겨냥한 주요 재판들이 심각한 위기에 직면했다. 대장동, 대북 송금, 선거법 사건 등 핵심 증인들의 진술이 연이어 뒤집히면서 공소 구조 자체가 흔들리고 있다.

이는 단순한 정치 논쟁이 아니다. 대한민국 사법제도의 신뢰와 정의가 바로 서야 한다는 경고이자, 사법 권력의 과도한 남용을 드러내는 경종이다.

최근 국정감사에서 드러난 대법원의 선거법 사건 처리 방식은 충격적이다. 전현희 전 민주당 최고위원은 "대법관들이 종이 기록은 확인하지 않고 전자 기록만을 근거로 판단했다"라고 폭로했다. 담당자는 종이 기록의 위치조차 확인하지 못했고, 대법관에게 전달됐는지도 불분명하다.

전 최고위원은 단호히 말했다.

"대법원이 전자 기록만 읽었다면, 이는 불법이고 무효의 증거다"라고.

이 한마디는 절차적 정당성이 무너졌음을 단적으로 보여 준다. 법치의 근간이 흔들리는 순간, 판결의 신뢰는 사라진다.

대북 송금 사건에서도 핵심 증인들의 진술 번복이 이어지며, 검찰 공소의 기반이 산산조각 나고 있다. 쌍방울 김성태 전 회장은 과거 "이재명 당시 경기지사와 통화했다"라는 진술을 완전히 뒤집으며, 검찰의 압박과 유도 의혹을 폭로했다.

이화영 전 부지사 또한 검찰의 회유와 압박을 공개하며, 수사의 신뢰성이 급속히 붕괴되는 양상을 드러냈다. 공소를 떠받치는 핵심 연결 고리가 무너진 지금, 진실은 검찰의 손을 벗어나기 시작했다.

대장동 사건에서도 핵심 증인 남욱 변호사는 한때 "김용, 정진상, 유동규 등과 공모가 있었다"라고 진술했으나, 최근 재판에서 "검찰이 정해 놓은 틀 안에서 진술을 강요했다"라고 밝히며 입장을 완전히 뒤집었다.

그의 진술 변화는 단순한 번복이 아니라, 검찰이 사건 구조를 의도적으로 조작하려 했다는 의혹을 명확히 드러낸다. 이제 재판의 핵심 쟁점은 '누가 거짓말을 했는가'가 아니라 '누가 거짓말을 강요했는가'다.

이 모든 사건이 보여 주는 것은, 검찰 공소 논리의 근본적 취약성이다. 공소가 흔들리는 순간, 진실은 조금씩 제자리를 찾아간다. 억압과 조작의 시대는 끝났다. 국민이 지켜보는 법정에서 정의와 진실이 다시 숨 쉬기 시작했다.

최근 증언 번복과 국정감사 폭로는 단순히 특정 인물에게 유리한 정황이 아니다. 검찰 권력의 남용, 편향된 기소, 졸속 판단에 따른 사법의 자정 작용이다. 허위 진술의 흔적이 드러날수록 정의는 한 걸음

씩 현실로 다가온다.

검찰 공소 논리의 붕괴와 대법원의 절차적 정당성 훼손은 대한민국 사법제도의 중대한 변곡점을 의미한다. 이재명 대통령을 향한 정치적 재판은 사법 개혁의 불씨가 되고 있다. 국민이 신뢰할 수 있는 정의의 법정이 반드시 회복되어야 한다. 전현희 전 최고위원의 지적은 공정성과 절차적 정당성을 바로 세우는 핵심 경로임을 명확히 보여준다.

법과 정의가 무너진 자리에는 반드시 회복의 힘이 작용한다. 공소 붕괴와 불법 증거 논란 속에서도 진실은 살아남아, 사법의 균형을 바로 세우는 강력한 전환의 역할을 하고 있다.

■ 2025/10/18

국민의힘, 몰락의 길 위에 서다!
부패·망언·무능이 드러낸 민낯

최근 내란, 김건희, 채상병 등 3대 특검에서 쏟아지는 혐의와 의혹은 국민의 상상을 초월한다. 권력형 비리, 불법 정치자금, 국정농단의 잔재가 연이어 폭로되면서 국민은 분노를 넘어 허탈감에 빠졌다. 정당이 아니라 사익의 통로로 전락한 국민의힘은 이제 해체 요구에 직면했다.

특히 윤석열 정권 시절 추진된 '캄보디아 ODA 사업'과 통일교 연계 의혹은 충격적이다. 정부는 메콩강 유역 개발 명목으로 1,700억 원 규모의 원조 사업을 추진했지만, 타당성 조사와 심의 절차는 거의 무시됐다. 단순한 외교 지원이 아니라, 특정 집단과 정치적·금전적 결탁 속에서 추진된 의혹이 명백히 제기되는 상황이다.

현지에서는 한국인 납치·감금 등 범죄 피해가 폭증하고 있으며, 캄

 OK김경표, OK광명!

보디아 사태는 이러한 문제의 심각성을 더욱 드러내고 있다. 정부는 개발 원조 예산을 급증시키면서도 재외국민 보호 인력 확충은 거부했다. 졸속 외교가 불러온 현지 치안 붕괴는 정치적 실패일 뿐만 아니라, 특검이 파헤치는 불법 자금 흐름과도 맞닿아 있다.

그뿐만 아니라, 김건희 특검팀은 통일교가 2022년 대선을 전후해 국민의힘 정치인 20여 명에게 1억 4천 4백만 원을 쪼개기 후원한 정황을 확보했다. 권성동, 추경호 등 핵심 인사들이 포함되어 있으며, 명의를 빌려 조직적으로 자금을 전달했다면 이는 명백한 불법 정치자금 수수다. 이로써 '정권 창출의 대가로 신흥종교와 손잡은 정당'이라는 비판이 결코 과장이 아님이 확인됐다.

이러한 상황에서도 국민의힘 지도부는 반성은커녕 '정치 보복 프레임'을 앞세워 여론을 호도하고 있다. 사실을 부정하고 여론을 왜곡하며, 가짜 뉴스를 퍼뜨리는 태도는 안하무인이다. 국민은 더 이상 그들의 말을 믿지 않는다. 게다가 국민의힘은 막말과 극우 쇼로 정당의 품격을 바닥으로 끌어내리고 있다.

장동혁 대표는 지지 청년들과 영화 건국전쟁2를 관람하며, 제주 4·3 사건을 '공산주의자들의 폭동'이라 왜곡했다. 이미 국가가 인정하고 사과한 사건을 거꾸로 뒤집는 이 행태는 민주주의에 대한 모독이며, 유족들은 "제1야당이 역사를 부정하고 있다"라며 분노를 터뜨렸다.

나경원 의원은 "초선은 가만히 있으라", "민주당은 내란 공범"이라는 발언으로 정치 품격을 완전히 파괴했다.

송언석 의원은 "비상계엄 때 죽었어야 했다"라는 말로,

김정재 의원은 "호남에는 불 안 나나"라는 망언으로 국민을 경악하게 했다. 이미 국민의힘은 막말과 혐오 정치의 상징이 된 지 오래다.

여기에 더해 경제와 관련한 황당한 의혹과 성차별적 발언도 계속되고 있다. 김민수 최고위원은 경제 회복이 국민에게 체감되는 시점에 코스피 최고치와 관련해 "중국 자본이 들어온 것 아니냐"라는 주장을 했다. 최은석 의원은 김현지 대통령실 제1부속실장을 "안방마님"이라 부르며 정치적 모욕을 서슴지 않았다.

   OK김경표, OK광명!

이 모든 상황을 종합하면, 국민의힘은 현재 부패·극우·망언·무능이라는 네 개의 늪에 빠져 허우적대고 있다. 특검이 밝히는 내란·김건희·채상병 의혹은 단순한 정치 논란이 아니다. 캄보디아 ODA 비리와 현지 치안 붕괴, 통일교 연계 불법 정치자금, 극우 선동과 망언 — 이 모든 것이 한 몸처럼 얽혀 있는 정치적 퇴행이다.

국민은 묻는다. 과연 이런 정당이 보수정당이라 할 수 있는가? 국가 미래를 논할 자격이 있는가?

실제로 한국조사협회(KORA) 조사에서 국민의힘 해체에 관해서는 응답자의 50.7%가 찬성했다. 국민의 분노가 허탈로 변한 지금, 남은 길은 분명하다. 국민의힘은 해체되어야 하고, 보수는 새롭게 태어나야 한다.

최근 이재명 대통령은 국무회의에서 각 부처에 '국정홍보 역량 강화 및 능동적이고 적극적인 홍보 활동'을 지시한 바 있다. 정부와 여당은 가짜 뉴스와 선전 선동에 대응할 홍보 기능을 강화해야 하며, 국민은 진실을 지키는 연대에 나서야 한다.

정치는 결국 국민의 것이다. 진실을 왜곡하고 역사와 정의를 부정하며 사익을 추구하는 세력은 결국 국민의 심판 앞에 무너질 것이다. 그날은 머지않았다.

■ 2025/10/23

숨 가빴던 144일,
진짜 대한민국이 열리고 있다

오늘 10월 26일, 이재명 대통령 취임 144일째 되는 날이다 '이제부터 진짜 대한민국.' 후보 시절 슬로건으로 이 대통령이 취임과 함께 내건 이 문장은 단순한 구호가 아니라, 새로운 대한민국의 출발을 알리는 역사적 선언이다.

'숨 가빴던 취임 144일' 공정과 상식, 약자를 먼저 생각하는 나라, 국민이 주인인 나라를 만들겠다는 약속은 말이 아닌 행동으로 증명되고 있다.

이재명 정부는 출범 직후부터 정의와 책임의 가치를 실천해 왔다. 첫 국정 과제로 '3대 특검법'을 추진하며 국민이 명령한 내란 심판과 헌정 질서 회복의 과제를 실행으로 옮겼다. 권력의 방패였던 대통령 거부권의 벽을 넘어, 입법의 주권을 다시 국민에게 돌려준 조치였다.

'이제부터 진짜 대한민국'이라는 말이 공허한 수사가 아님을 보여 준
첫 신호다.

　　대통령은 권력의 중심이 아닌 국민의 곁에서 답을 찾고 있다. 노동
재해 현장을 직접 찾아 "국민의 생명과 안전은 어떤 이유로도 타협할
수 없다"라고 강조했고, 세월호·이태원·오송·제주항공 참사 유가족을
만나 "국가의 책임을 다하지 못한 점을 사과드린다"라며 고개를 숙였

다. 권위의 시대에서 공감과 책임의 시대로, 이재명 정부는 정치의 본래 목적이 국민의 삶에 있음을 다시 일깨워 주고 있다.

민생 정책에서도 변화는 분명하다. 불법 대부 계약을 전면 무효화하여 '빚이 아닌 삶의 회복'을 보장했고, 지방 대출 금리 인하와 전기 요금 완화 조치로 수도권 집중을 완화하며 지역 균형 발전을 위한 실질적 발판 마련을 지시했다. 돈이 사람 위에 군림하지 않고, 국민이 안심하고 살아갈 수 있는 사회로 나아가고 있다.

OK김경표, OK광명!

　미래 산업에 관한 과감한 투자는 대한민국의 성장 동력을 다시 세우고 있다. 이재명 대통령은 "기술을 천시한 나라는 망했다"라며 역대 최대 규모인 R&D 예산 35조 3,000억 원을 편성해 과학 기술과 산업 혁신의 불씨를 되살렸다. 또한 기업의 자유로운 도전을 가로막던 규제를 개선하고, '배임죄 완화'와 '경제형벌 합리화 TF'를 출범시켜 기업이 혁신으로 경쟁할 수 있는 환경을 조성했다 국민에게는 안정된 일자리를, 기업에는 성장의 기회를, 국가에는 미래의 희망을 열어가는 변화가 본격적으로 시작된 것이다.

　한편, 전국 단위 '민생 회복 소비 쿠폰' 정책은 서민 경제의 숨통을 틔우며 지역 상권을 살리고 있다. 대통령의 적극적인 중재로 SK하이닉스가 오픈AI의 '스타게이트 프로젝트'에 핵심 파트너로 참여하게 된 것은 대한민국 반도체 기술의 세계적 위상을 다시 확인시켜 준 쾌거다. 이로 말미암아 100조 원 규모의 수출 성과가 기대되며, 한국 경제의 미래가 더욱 밝게 빛나고 있다. 그에 힘입어 코스피 지수가 사상 최고치인 3,900선을 돌파하고, 전문가들이 연말 4,100포인트를 전망하는 흐름은 국민의 자신감을 상징하는 신호이기도 하다.

　이재명 대통령은 "정책의 중심은 언제나 국민의 삶에 있다"라고 말한다. 약자를 보호하고, 지역의 숨은 잠재력을 살리며, 과학 기술로 미래를 준비하는 이 정부의 모든 길은 국민의 행복으로 향하고 있다. 이제 대한민국은 다시 일어서고 있다. 불공정과 특권의 시대를 넘어, 국민의 손으로 공정과 정의를 세워 가는 나라. 기득권의 나라가 아닌

국민 모두의 나라, 누구나 땀 흘린 만큼 보상받는 진짜 대한민국이
열리고 있다.

　이재명 정부의 첫걸음은 이미 희망의 길 위에 서 있다. 약속을 실행
으로 옮기는 정부, 국민의 삶을 되찾는 정부, 미래 세대에게 더 나은
나라를 물려주려는 정부. 그것이 바로 우리가 함께 만들어 가야 할
'진짜 대한민국'의 모습이다. 지금 이 땅 위에서 국민의 꿈과 희망이
현실이 되고 있다.

■ 2025/10/26

 OK김경표, OK광명!

'대통령'의 디테일 감각

이재명 대통령의 디테일은 국민의 삶을 결정한다.

이재명 대통령의 업무 보고가 6일째 생방송으로 진행되며 전국적인 관심을 끌고 있다. 국민은 국정 현안을 실시간으로 확인하고 있으며, 일각에서는 "넷플릭스보다 흥미롭다"라는 반응까지 나온다. 이는 단순한 형식의 변화 때문이 아니다. 대통령이 국민의 고충과 요구를 정확히 짚어 내고, 국가 현안 전반에 관해 깊이 있는 이해를 보여 주고 있다는 신뢰에서 비롯된 현상이다. 이재명 대통령이 '준비된 대통령'이라는 평가를 받는 이유다.

반면 대통령의 세밀한 국정 개입을 두고 우려를 제기하는 시각도 있다. 국가 지도자는 큰 방향만 제시하고, 세부적인 실행은 실무진에 맡겨야 한다는 주장이다. 그러나 이러한 인식은 행정의 현실과 거리가 있다. 그동안 우리 정책은 방향 설정에서는 비교적 충실했지만, 현장에서는 실행력 부족과 반복되는 오류로 국민이 변화를 체감하지 못한 경우가 적지 않았다. 문제는 비전이 아니라 집행 과정에 있었다.

이번 생방송 업무 보고는 바로 그 지점을 겨냥하고 있다. 대통령은 그동안 관행 속에 묻혀 누구도 제대로 들여다보지 않았던 행정의 사각지대와 세부 문제를 국민 앞에 직접 드러내고 있다. 이는 단순한 관

OK김경표, OK광명!

심이나 과도한 개입이 아니라, 국정 운영의 원칙을 실제 행정 현장에 적용하겠다는 의지의 표현이다. 국민과 함께 확인하고 점검하며 해법을 모색한다는 점에서, 이전 정부들과는 분명한 차별성을 보인다.

생리대 가격 폭리 의혹, 이른바 '초코파이 기소 사건'을 직접 언급한 것도 같은 맥락이다. 대통령은 공정거래위원회의 역할을 되묻고, 경미한 사안에 검찰의 기계적 기소 관행을 돌아보라고 지적했다. 이는 개별 사건에 관한 즉흥적 언급이 아니라, 국가 시스템 전반에 던지는 분명한 메시지다. 국정은 책상 위 논리만으로 작동하지 않는다. 디테일이 국민의 삶을 좌우한다.

따라서 대통령의 세밀한 질의와 점검을 '과도하다'고 비판하는 것은 현실을 오판한 것이다. 지금 국민이 요구하는 것은 추상적인 담론이나 원론적인 방향 제시가 아니라, 일상에서 체감할 수 있는 변화다. 생방송 업무 보고는 행정의 투명성을 높이고 정책의 실행력을 강화하기 위한 새로운 국정 운영 모델이다. 정부 부처는 물론 언론과 사회 지도층 역시 대통령의 메시지를 가볍게 넘겨서는 안 된다. 이것이 앞으로 대한민국 행정이 나아가야 할 새로운 기준이 될 것이다.

■ 2025/12/20

예수 없는 정치 현실

"예수님을 가진 자가 모든 것을 가진 자다."

    오늘은 크리스마스! 약 2,025년 전 예수 그리스도의 탄생을 기념하는 날이다. Christmas는 Christ(그리스도)와 Mass(미사, 예배)의 합성어로, '그리스도를 기념하는 예배의 날'이라는 뜻을 지닌다. 성탄절은 하느님께서 인간을 구원하시기 위해 독생자를 이 땅에 보내신, 가장 결정적이고도 급진적인 사랑의 사건이다. 그리스도인인 나는 이날을 단순한 기념일이 아니라, 오늘의 삶과 사회를 성찰하게 하는 기준의 날로 맞이한다.

    "예수님을 가진 자가 모든 것을 가진 자다."
    성 다블뤼 안토니오 주교님의 이 좌우명은 복음의 핵심을 정확히 꿰뚫는다. 말씀이신 예수님은 힘과 권력을 소유하지 않으셨지만, 자신의 생명을 내어 주는 사랑을 통해 세상을 구원하셨다. 세상적 기준으로 보면 모든 것을 잃은 것 같았으나, 그분은 사랑 안에서 참된 모든 것을 얻으셨다. 우리가 예수님처럼 이웃을 위해 자신을 내어 줄 수 있다면, 그때 우리는 비로소 예수님과 일치하며 세상을 얻게 될 것이다.

그러나 오늘의 현실은 정반대의 길을 걷고 있다. 특히 정치의 영역에서 그 왜곡은 극명하다. 국민을 섬기라고 권력을 맡겼는데, 이제는 권력을 위해 국민을 도구로 삼는다. 연민과 책임, 공동체의 애정은 실종되고, 적대와 분열, 증오를 부추기는 언어만 난무한다. 상대를 쓰러뜨려야 내가 산다는 논리가 공공연히 용인되고, 거짓과 선동조차 '전략'이라는 이름으로 정당화된다. 이런 정치에는 생명이 없고, 이런 권력은 결코 세상을 얻지 못한다.

문제의 근원은 분명하다. 예수 그리스도를 잃어버린 것이다. 사랑보다 힘을, 섬김보다 지배를, 진실보다 승리를 선택한 결과가 지금의 모습이다. 오늘의 성탄절은 우리에게 분명한 질문을 던진다. 우리는 누구를 따르고 있는가. 태어나신 예수님의 말씀을 다시 가슴에 담고, 사랑을 실천으로 옮길 때에만 개인도 사회도 다시 바로 설 수 있다. 성탄은, 변하지 않으면 안 된다는 하느님의 조용하지만 단호한 요청이다.

■ 2025/12/25

OK김경표, OK광명!

어버이는 기다려 주지 않는다

　고향 진도로 가는 발걸음이 무겁다. 몇 년 전 돌아가신 아버지의 모습이 떠오른다. 품성이 인자하고 인정이 많으신 아버지는 나의 멘토였다. 자식을 위해서는 모든 것을 아낌없이 주신 분이었다.

　성서의 루카복음에서는 탕자 이야기가 나온다. 집에서 가져간 것 모두를 탕진하고 돌아온 아들이 있었다. 남의 집에서 돼지 치는 종살이를 하며 짐승처럼 살다가 잘못을 뉘우치고 아버지를 찾아온 내용이다.

　탕자의 아버지는 기뻐하며, 새 옷을 입히고, 금반지를 끼워 주고 송아지를 잡아서 동네 사람들을 불러다가 잔치를 연다. 그 아버지는 "죽은 줄만 알았던 내 아들이 살아서 돌아왔으니, 이 기쁨을 함께 나누자"라는 것이었다. 우리 아버지도 탕자의 아버지 못지않게 자신의 모든 것을 전부 주셨으면서도 더 줄 것이 없어서 안타까워하던 분이셨다.

아버지를 생각하니 그리움이 파도처럼 밀려든다. 어머니는 지금 연로하시다. 늙으신 어머니를 생각하면 가슴이 답답하다. 진도에 혼자 계신 어머니를 생각할 때마다

어버이 살아실 제 섬길 일란 다하여라. 지나간 후면 애닯다 어이하리. 평생에 고쳐 못 할 일은 이뿐인가 하노라

조선 시대의 문인 송강 정철이 쓴 시조를 읊곤 한다. 부모님이 살아 계실 동안에 섬겨야 한다고 말하고 있다. 돌아가신 후면 아무리 애태우고 뉘우친들 소용이 없다는 내용이다. 효도를 하지 못하고 있는 나를 두고 지으신 것이 아닌지 착각이 들 때가 있다.

진도는 제주도와 거제도에 이어 우리나라에서 세 번째로 큰 섬이

　　　　　　　　　　　　　　　OK김경표, OK광명!

다. 1981년 완공된 다리를 건너면 섬이라는 느낌이 없다. 다리 건너편 해남군 화원반도와 진도에 울돌목이 있다. 임진왜란 때 이순신 장군이 명쾌하고 통쾌하게 왜적을 크게 쳐부순 곳이다.

역사를 거슬러 올라가 보면 고려 무신 정권 때 특수 군대가 주둔한 삼별초의 거점이었다. 고려 시대부터 조선 시대에는 수많은 정쟁의 희생자들이 유배를 왔던 곳이다.

그래서인지 몰라도 우리 할아버지 할머니 그리고 부모님을 비롯하여 진도 사람들은 신명이 많다. 그림을 좋아하고, 노래를 좋아하고, 놀기를 좋아하고, 풍류를 즐긴다. 강강술래, 남도들노래, 씻김굿, 다시래기는 중요 무형 문화재로 지정되어 있다.

또한 진도만가와 북놀이는 전라남도 지정 무형 문화재로 지정되어 있다. 그 기능을 보유한 인간문화재도 진도에는 10여 명에 이른다. 그뿐만 아니라 진도에서는 카페나 술집, 가게 등 어디를 가더라도 그림 한두 점 걸리지 않은 곳이 없다. 딱히 무슨 문화재로 지정되지 않은 사람이라도 타고난 신명과 흥으로 노래 한 곡쯤은 멋들어지게 불러 댄다.

흥이 많은 내리사랑의 고장에서 태어난 나는 유년 시절을 진도에서 보냈다. 진도아리랑 같은 노래는 기본으로 잘 불렀다. 친구들과 함께 바닷가 모래밭에서 모래성을 쌓았고 별밤을 보고 천상을 노래했다.

진도의 맛을 제대로 보자면 지나치며 눈 구경을 하는 것으로는 부족하다. 노래도 듣고, 굿도 보고 무엇보다도 진도 사람들이 간직해 온 멋과 흥에 오관을 열어야 한다. 평소에는 외지 사람들이 그때를 맞추기가 어렵다. 하지만 해마다 음력 2월 말 전후에 고군면 회동리와 의신면 모도리 사이에서 바닷물이 갈라지는 영등살 놀이 축제가 열린다.

진도의 민속이 한꺼번에 펼쳐지므로, 이때를 잘 이용하면 진도의 맛과 멋을 마음껏 즐길 수 있다. 또 끝수가 2와 7인 날에 서는 진도장에서는, 진돗개로 유명한 고장답게 개장이 선다. 읍내에서는 옛날식 대장간도 엿볼 수 있다.

진도를 상상하면서 자랑하다 보니 진도대교 초입에 들어서고 있다. 집에 도착하자마자 연로하신 어머니를 모시고 아버지 산소부터 찾는다. 인생무상을 뼈저리게 느끼고 있다.

  OK김경표, OK광명!

경표야! 광명을 갈아엎자

내가 어렸을 때 할아버지는 농자천하지대본農者天下之大本이라는 말을 귀에 못이 박히도록 가르쳐 주셨다.

"경표야! 농자천하지대본은 농사가 천하의 큰 근본이라는 뜻이다. 농사를 잘 지어야 쓰지만, 자식 농사를 더 잘 지어야 쓰것지 이~"

할아버지는 농사를 말하면서 자식 농사를 더 강조하셨다. 할아버지는 가을철 추수가 끝나면 논에 자운영 씨를 뿌렸다. 홍자색을 띤 초봄에 핀 자운영꽃은 그림처럼 아름다웠다. 그때 할아버지는 쟁기질을 하셨다.

"할아버지 자운영꽃을 왜 갈아엎어요?"

"자운영은 논에 거름을 주는 효과가 많제. 논이 기름져서 풍년이

드는 것은 당연하고·······”

나는 쟁기질을 하고 계신 할아버지의 꽁무니를 강아지처럼 졸졸
따라다니며 궁금증을 풀었다.

“경표야! 별 볼 일 없는 놈들이 연장 탓을 한다는 옛말이 있다. 추
운 겨울날 비바람을 이겨 내고 모질게 자라나야 논밭을 기름지게 할
수 있는 밑거름이 되는 것이여. 우리 경표도 공부를 잘해서 누군가에
게 힘이 되는 큰 사람이 돼야제?”

OK김경표, OK광명!

할아버지는 기회 있을 때마다 손자의 이름을 부르시며

"경표야! 지난번에 나랑 염전 구경 가 본 적 있지? 소금 생산을 끝낸 염전은 말이다, 겨울 동안에는 쉬는 거나 마찬가지여. 소금을 거둬 낸 비어 있는 염전 바닥을 갈아엎어야, 공기 소통을 시켜 주는 역할을 하는 거여. 만약에 소금 소출이 시원치 않으면, 자주 바닥을 갈아엎어 주어야 염전에 풍년이 드는 거란다."

염전까지 예를 들어가며, 할아버지는 큰 사람이 되는 방법을 가르쳐 주셨다.

"경표야! 인삼이라는 작물은 말이다 이~ 재배하기 매우 까다로워서 기후, 토양, 농부의 정성을 고루 갖춰야 일 년 농사에 탈이 없어. 오리목 나뭇잎처럼 큰 이파리와 줄기를 여러 차례 넣고, 땅을 갈아엎어야 농사가 잘되는 거여. 그래야 땅속에 붙어 있던 벌레 알도 꼼짝달싹 못하고 발을 못 붙이는 거여."

"경표 너도 말이다 이~ 네 인생에 기회가 오거든, 이 할아비가 자운영 밭을 갈아엎은 것처럼, 염전에서 주인이 바닥을 갈아엎어서 소금의 대량 생산을 기원한 것처럼 갈아엎어야 한다 이 말이여. 옳은 일을 위해서는 사람까지도, 인정사정없이 갈아엎어야 한다는 말 명심해라 이~"

지금은 이 땅에 계시지 않은, 할아버지의 말씀들이 귀에 쟁쟁하다. 목구멍이 뜨겁다.

멀리 가는 향기

석가 탄신일 전야제이다. 천주교 신자인 불자들과 함께 다양한 형태의 상징물들을 앞세우고, 형형색색의 소원을 담은 연등 행렬에 참여하고 있다.

연등 행렬이 장관을 이룬 봄밤의 향기에 취해서 세상사 잡사를 모두 놓아 버렸더니 부처님의 온화한 미소처럼 눈길 닿는 곳마다 사랑과 평화가 가득 차 있는 것이 보인다. 천국과 극락은 멀리 있는 것이 아니라, 부처님과 하느님을 생각하고, 석가탄신일에 크리스마스를 생각하고, 연등 행렬에 참여한 후 마음이 가벼워진 지금, 여기가 천국이고 극락이 아닐까 싶다.

법정 스님은 자연 속에 칩거하면서 자신의 체험을 '무소유'라는 수필로 써서 독자들의 심금을 울린다.

　"나는 지난해 여름까지 난초 두 분을 정성을 다해 길렀다. 실수로 난초를 뜰에 내놓는 바람에 죽어 버렸다. 나는 햇볕을 원망할 정도로 안타까웠다. 하지만 난초에게 너무 집착한 게 아닌지 곧 반성한다. 나는 기르던 난초가 죽어 버린 일로 무소유의 의미를 깨닫게 되었다. 나는 우리의 소유 관념이 우리의 눈을 멀게 한다고 충고한다. 크게 버리는 사람이 크게 얻을 것이라고 나는 말한다. 아무것도 갖지 않을 때 비로소 온 세상을 갖게 된다는 게 무소유의 진정한 의미라고 나는 강조한다."

무소유의 삶을 몸소 실천하시다가 선종하신 법정 스님은 수필에서, '나'는 부끄럽다고 반성한다. 누구나 이 세상에서 사라질 때는 빈손으로 돌아가기 마련인데 나는 그리고 우리는 무엇인가에 얽매여 주객이 전도된 삶을 살아가고 있다며 무소유 하자고 고백하고 선도한다.

무소유의 진정한 선각자는 한국 최초의 추기경 김수환이다.

"오늘이 삶의 마지막 순간이라고 생각하세요. 그러면 항상 최선을 다하는 삶을 살 수가 있습니다."

이 명언을 남긴 김수환 추기경은 교회의 높은 담을 헐고 사회 속에 교회를 심었다. 가난하고 봉사하는 교회를 만들어 역사 현실에 동참했다. 인간 존엄성의 확고한 신념을 바탕으로 공동선의 추구를 사회 교리로 주장했다. 시국 관련 사건이 일어날 때마다 교회 안팎의 젊은 지식인과 노동자들에게 직접 간접적으로 영향을 미쳤다.

온화하고 인자한 모습에 스스로를 '바보'라고 말한 김수환 추기경은 날마다 감사하고 겸손한 마음으로 살다가 선종했다.

우리는 돈이 신神이 되어 버린 세상에서 오로지 돈에 집착하며 살고 있다. 소소한 것에 가슴 설레고 기뻐할 줄 아는 무소유의 삶을 본받아야겠다. 자연 속에서 깨달음을 얻은 사람, 자신이 부끄럽다고 고백한 사람, 스스로를 바보라고 말한 사람은 죽어서도 멀리 향기를 내뿜는다.

   OK김경표, OK광명!

가치 있는 삶을 갈뫼못 성지에서

철산 성당의 레지오 단원들과 함께 갈뫼못으로 성지 순례를 떠났다. 갈뫼못 성지는 가톨릭교 신자의 순교지이다. 충청남도 기념물 제183호로 지정되어 있다. 이곳에는 순교자 기념비, 기념관, 사제관, 수녀원이 있다. 성지에 들어서니 저절로 엄숙해진다. 기분이 차분하게 가라앉는다.

이곳 갈뫼못 성지에서는 천주교 박해가 극에 달했던 시기인 1866년 병인박해 때, 조선 제5구교장으로 임명된 지 3일 만에 다블뤼 주교를 비롯한 다섯 성인이 참수된 곳이다. 성 다블뤼 안토니오 신부, 위앵 민 마르티노 신부, 오메트르 오 베드로 신부, 황석두 루카 회장, 장주기 요셉 회장, 무명 순교자까지 무려 500여 명이 처형된 곳이다.

그들은 포도청과 의금부에서 여러 차례 문초와 형벌을 받았다. 하지만 그들은 "조선에 천주교의 진리를 전하기 위해 왔으며, 죽는 한이 있더라도 본국으로 송환되기를 원하지 않는다"라고 신앙에 관한 믿음과 순교의 원의를 분명히 밝혔다. 그런 다음 사형 판결을 받고서 새남터 형장으로 끌려가 참수를 당한 것이다.

세상의 가치관은 한마디로 약자는 강자가 되려 하고, 작은 자는 큰 자가 되려 하며, 적은 것은 많아지기 위해서 목숨을 걸고 싸우며 경쟁한다. 이 생존 경쟁의 법칙에서 참수된 신부들은 오직 자기의 도, 그리스도의 도를 전파하다가 가치 있는 죽음을 택한 것이다.

하늘나라는 작은 자, 작은 것이 큰일을 하는, 작은 밀알, 작은 겨자씨알 같은 소수 지향의 나라다. 너 하나가 잘살기 위해서, 너 하나가 행복해지기 위해서, 너 하나가 이기기 위해서 모두는 져야 하는, 모두가 불행해야 하는 법칙이 아닌 것이다.

   OK김경표, OK광명!

예수 그리스도는 산상수훈 서두에 "너희는 세상 속의 빛이라, 소금이라, 빛이 어둠을 밝히지 못하고 소금이 썩는 세상을 살려내지 못하고, 소금 맛을 못 낸다면 쓸모없이 버려질 것이다"라는 단호한 메시지를 남겼다.

빛과 소금의 법칙은 나 하나가 죽어서 모두가 사는 법칙이다. 촛불 한 자루는 작으나 어두운 큰 방을 밝힌다. 소금 3%가 저 넓은 바다 97%의 맹물을 살리는 법칙이다.

가격은 객관적인 것이다. 화폐 단위로 상대성을 갖는다. 교환을 떠나서는 존재할 수가 없다. 노동의 대가로 받는 임금, 돈을 빌려주고 받는 이자, 스포츠나 연예인의 연봉 같은 사회의 법률, 관습, 제도 등에 따른 소유와 교환으로 허용되는 모든 것이다. 반면에 가치는 주관적인 것이다. 자신의 감정이나 의지 그리고 욕구 충족이다. 자신의 진상을 지키는 것, 정신을 풍요롭게 하는 것, 도덕적, 종교적 등으로 인간 존재의 일관성 있는 행동 양식이다.

어떻게 살 것인지의 선택은 각자의 자유 의지에 달려 있다. 자신의 비전과 꿈 그리고 추구하려는 가치관에 따라, 자기 자신에게 얼마나 많은 세월을 헌신하고 노력했는지의 결과에 따라, 성공적인 삶은 죽어서도 판가름이 나는 것이다. 우리는 가격과 가치 사이에서 사람답게 사는 일이 무엇인지 철저하게 고민해야 한다. 갈뫼못 성지에서 가치 있는 인생이 무엇인지를 가르쳐 준 신부님들의 정신을 본받아야 한다.

평생교육의 초석을 다지다

경기도 평생교육진흥원은 도민의 생애주기별 맞춤형 평생교육을 지원하는 경기도 산하 공공기관이다. 이곳에서 평생교육원장으로 근무한 지 2년째다.

인쇄술의 발달로 서책의 보급은 가능했으나 오랜 시간을 들여 한문을 배우지 않으면 쓸모없는 일이 되었던 것이다. 다행스럽게도 한글 창제는 제도 교육에서 소외된 계층을 교육으로 이끌어 가는 길잡이가 되었다.

세종대왕이 한글을 창제한 이후로 중국의 주자가 쓴 소학小學이 한글로 번역되었다. 조선 시대 교육 기관의 필수 교재로 널리 애용된 소학은, 소년들을 가르치기 위하여 만든 책이었다. 윤리가 서민의 생활까지 깊숙이 침투되고 성리학의 질서가 정착되어 가는 데 크게 기여한 책이었다.

대학언해·논어언해·맹자언해·중용언해를 한글로 풀이해 놓은 책이었다. 언해소학과 언해사서인 한글 서적이 교육의 대중화에 획기적으로 공헌했다는 것을 알게 된 것도 책과 친구가 된 덕분이었다.

최근 4차 산업 혁명과 인구 고령화로 평생교육에 관한 관심이 날로 높아지고 있다. 평생교육은 급변하는 사회에서 더 이상 개인의 선택이 아닌 필수 시대가 되어 가고 있다.

"교육은 백 년 후, 만 년 후의 큰 계획이라는 뜻으로, 백년대계百年大計, 만년대계萬年大計입니다. 당장에 필요한 방안을 모색하기보다는 먼 미래를 내다보고 오랫동안 이익을 거둘 수 있는 방법을 찾아내야 합니다. 세상을 변화시킬 수 있는 것은 오직 교육뿐입니다. 우리는 평생교육으로, 출생에서부터 죽음에 이르기까지 전 생애에 걸쳐 배우고 나누고 다 같이 사는 아름다운 공동체를 만들어 가야 합니다."

경기도 평생교육진흥원에서는 도내 31개 시·군 간의 평생교육 격차를 해소하고, 국내 평생교육을 선도하고 있다. 매년 경기도 평생교육 통계, 컨설팅, 사례 분석 등 20여 개의 연구 과제를 수행하고 있다.

특히 도민의 전 생애에 걸친 평생학습 현황을 효율적으로 관리하며 개인적 능력과 사회적 자산으로 전환코자 '국민생애 평생학습이력지원' 사업을 추진 중이다. 이외에도 학부모교육, 문해교육, 우리 동네 학습 공간 사업 등 도민이 행복해지는 평생교육 복지망을 마련하기 위해 최선을 다하고 있다.

지식(GSEEK) 온라인 평생학습 서비스를 제공한다. 백 세 시대를 맞이하여 늘어나는 교육 수요는 온라인, 오프라인의 천여 개 교육 과정을 통해 지식과 지혜를 공유하는 혁신적인 학습이 가능해졌다.

평생교육의 지속 가능한 발전을 위해 평생교육본부 체인지업캠퍼스 지식(GSEEK)캠퍼스 등이 협력하여 전 세대가 함께하는 교육 생태계를 조성하고 있다. 경기도의 평생교육이 대한민국의 평생교육이자 세계 평생교육의 롤모델이 될 수 있도록 경기도 평생교육진흥원에서는 초석을 굳건하게 다지고 있는 것이다.

찾아가는 경기도 콘텐츠 복지

복지란 사전적 의미로 '행복한 삶'을 의미한다. 산업 혁명 시대 이후 풍요로운 시대가 도래했다. 화학 비료를 통한 농작물의 생산이 폭발적으로 증가하며 영양학적 개선 덕분에 새로운 삶이 열리게 되었으며, 의료 기술 발전으로 육체적 생존권이 크게 향상됐다.

하지만, 국가와 국민의 소득 수준이 올라가고, 사회와 치안이 안정되어 갈수록 우리 행복의 필요충분조건을 위해 나날이 새로운 문화 콘텐츠를 요구하는 시대가 됐다.

현대에는 물질적으로 삶의 여건이 개선되는 것에 더해 정신적 문화적 만족이 조화를 이루어야 진정 행복한 삶을 누릴 수 있게 됐다. 문화 콘텐츠의 향유를 통해 정신적으로 풍요로운 삶을 누리는 것이 복지를 위한 기본 조건이 된 것이다.

경기도와 경기콘텐츠진흥원은 4차 산업 혁명 시대에 핵심적으로 성장 중인 콘텐츠 산업을 경기도의 미래 성장 동력으로 육성하기 위해, 관련 생태계를 강화하고 스타트업을 지원하고 있다. 하지만, 관련 산업의 육성에 그치지 않고, 경기도민이라면 누구나 정신적·문화적 풍요로움을 통해 행복한 삶을 추구할 수 있도록 콘텐츠 향유 기반을 조성하기 위한 다양한 사업을 추진하고 있다.

'찾아가는 영화관' 사업은 노인복지회관이나 요양원, 지역아동센터 등 영화 관람 기회가 적은 단체를 대상으로도 다양한 영화 관람 기회를 제공함으로써 소외 지역 및 계층 간 문화 격차 해소에 기여하고 있다. 올해엔 8월까지 총 302차례 사업을 추진하며, 1만 4천여 명의

    OK김경표, OK광명!

경기도민들께 문화 콘텐츠를 향유할 수 있는 시간을 제공해 드릴 수 있었다.

　전통적 콘텐츠인 영화뿐 아니라 가상·증강현실(VR·AR)을 토대로 문화 시설 취약 지역에서도 체험할 수 있도록 '찾아가는 VR·AR 체험관'을 운영 중이다. 2018년에는 경기도 19개 시군에서 1만 5천 명이 이용형 체험관을 통해 VR·AR 콘텐츠를 향유했으며, 2019년에도 경기도 방방곡곡을 체험 버스가 누비고 있다.

　앞으로도 경기콘텐츠진흥원은 다양한 콘텐츠를 통해 더 많은 도민의 문화 향유 기회를 제공할 것이며, 이를 통해 경기도민이면 누구나 콘텐츠 향유를 통한 복지, 즉 '행복한 삶'을 누릴 기회를 가지기를 소망해 본다.

제2화

OK광명

도시는 결국 사람이 만든다.
그리고 그 사람이란 행정이 아니라 시민이다.
나는 공직자로서 이 단순한 진실을 잊지 않으려 노력했다.
행정이 무엇을 결정할 수는 있지만,
도시의 마음을 움직이는 것은 시민뿐이다.

광명에서 만난 사람들,
그리고 도시의 온도

광명에 산 지 35년이 넘었다. 이 도시의 사계절을 견뎌 내고, 사람들의 얼굴을 오랫동안 지켜보며 살아온 나에게 광명은 하나의 고향이자 일터이며, 때로는 나를 성장시키는 학교 같은 곳이었다. 서울과 붙어 있는 도시들이 흔히 빠르게 바뀌고 사람의 체온을 잃어 가는 것과 달리, 광명은 묘하게 따뜻함을 품고 있는 도시였다. 그 온도는 특정한 건물이나 정책이 아니라, 골목을 걷다 보면 저절로 느껴지는 사람들의 일상에서 온다.

광명동을 지날 때면 오래된 집들 사이로 감나무가 보이고, 철산동 중앙시장에서는 상인들끼리 서로를 이름으로 부르며 안부를 묻는다. 하안동 공원에서 뛰어노는 아이들의 목소리는 계절과 상관없이 도시의 배경음처럼 울려 퍼지고, 저녁 무렵이면 주민센터 근처 벤치엔 어르신들이 삼삼오오 모여 담소를 나눈다. 이 모든 장면이 도시의 체온을 만든다. 나는 이 도시의 체온을 누구보다 잘 알고 있다. 35년 동안 이곳에서 살아왔으니 말이다.

　　경기도의원으로 일했던 2010년부터 2014년까지, 나는 광명 밖의 많은 지역을 직접 방문했다. 특히 도시 재생이 활발했던 수원 행궁동이 강하게 기억에 남는다. 오래된 동네가 문화와 예술을 바탕으로 다시 살아난 그 사례는, 도시가 어떻게 '사람 중심'으로 회복될 수 있는지를 잘 보여 주었다. 골목마다 작은 공방들이 생기고, 예술가들이 주민들과 어울려 소규모 전시를 열고, 집집마다 다른 이야기를 가진 골목길 자체가 콘텐츠가 되어 사람들이 찾아오기 시작했다. 화려한 퍼레이드나 거대한 예산 없이, 오히려 주민이 직접 골목을 디자인하고 운영한 축제였기 때문에 더 지속 가능했다. 그곳을 걸을 때면 자연스럽게 이런 생각이 들었다.

　　　　　　　　　　　　　　　　　　　　OK김경표, OK광명!

'광명도 충분히 이렇게 될 수 있다. 오히려 광명은 이런 축제를 키우기에 더 좋은 도시다.'

평생교육진흥원장으로 일하던 2016~2018년 동안에도 나는 비슷한 확신을 느꼈다. 당시 경기도 곳곳에서는 전통시장 활성화, 야시장 프로그램, 마을을 기반으로 한 문화 축제 같은 다양한 실험이 이어지고 있었다. 규모는 크지 않았지만, 주민들이 주체가 되어 골목을 꾸미고, 상인들이 스스로 손님을 맞이하는 프로그램들이 하나둘 늘어났다. 시장 전체를 대규모로 개발하는 방식이 아니라, '사람의 참여'로 시장을 바꾸는 방식이었다.

그런 시도를 볼 때마다 나는 광명 전통시장과 철산 중앙시장을 떠올렸다. 이미 정이 많은 상인이 있고, 주민들의 접근성이 좋으며, 시장 자체가 사람들의 생활권 중심에 있다. 이런 도시에서 '골목 기반 축제'는 거창한 전략이 아니라, 오히려 자연스러운 연장선이다. 광명은 원래부터 '사람의 도시'였으니 말이다.

2019년 경기콘텐츠진흥원 이사장으로 임명된 뒤에도, 나는 콘텐츠와 지역을 연결하는 일이 얼마나 중요한지 다시금 확인했다. 콘텐츠는 단지 관객을 불러 모으는 도구가 아니라, 지역의 삶과 정서를 담아내는 언어였다. 어떤 도시든 콘텐츠를 붙이면 눈에 띄게 바뀌는 것이 아니라, 사람들의 이야기를 담으면 자연스럽게 살아난다는 사실을 실감했다. 이 경험들은 다시 광명으로 돌아왔을 때 더욱 명확한 형태로 떠올랐다.

영화·예술·교육·커뮤니티가 결합된 수많은 정책과 실험을 보며, 나는 한 가지 확신을 더 굳혔다.

광명은 축제를 '만들 도시'가 아니라, 축제가 '태어날 도시'이다.

새터마을을 지나며 느끼는 감정은 특히 그렇다. 좁은 골목이지만 서로를 알고 지내는 얼굴들이 많고, 작은 가게와 오래된 집들이 골목마다 다른 풍경을 만들고 있다. 행궁동이 그랬던 것처럼, 여기서도 충분히 주민들이 주도하는 골목 축제가 가능하다. 공방 오픈 스튜디오 데이나 골목마다 테마를 부여한 마을 축제는 별다른 장비가 없어도 가능하다. 오히려 자연스러운 생활 환경 그대로를 콘텐츠로 삼을 수 있다.

하안동의 글로벌 식당 골목을 지날 때면 또 다른 가능성이 보인다. 필리핀, 베트남, 중국 음식점들이 자연스럽게 모여 있는 모습을 보면, 이 도시가 품고 있는 다양성이 한눈에 드러난다. 만약 이 골목을 중심으로 세계 음식을 나누고, 주민들이 서로의 문화를 소개하며 즐기는 '글로벌 테이블' 같은 축제가 열린다면 어떨까. 아이들은 세계 국기 만들기를 체험하고, 어른들은 이웃의 문화를 자연스럽게 이해하게 될 것이다. 이것이야말로 '도시가 사람을 포용하는 방식'이라고 나는 믿는다.

광명의 골목은 크지 않지만 그만큼 사람 사이의 거리가 가깝다. 이 도시의 강점은 바로 여기에 있다. 축제는 공간이 만드는 것이 아니라, 사람이 만들고 사람을 잇는다. 그러기에 광명에서 축제는 거대한 행사보다, 작은 골목에서 주민들이 서로 이름을 부르는 순간에 가까워야 한다. 그 순간이 많아질수록 도시의 온도는 더 따뜻해지고, 그 온도는 다시 사람들을 이어 주는 힘이 된다.

나는 앞으로도 광명에서, 이 도시의 골목과 사람들과 함께 변화를 만들어 가고 싶다. 내가 35년 동안 이곳에서 느껴 온 도시의 온도는 결코 우연이 아니다. 그 온도는 주민들이 서로를 바라보는 시선에서, 골목에서 흘러나오는 이야기에서, 시장에서 상인들이 건네는 짧은 인사에서 비롯된다. 광명은 이미 충분히 좋은 도시다. 그러나 그 온도가 축제를 통해 더 넓게 퍼진다면, 광명은 앞으로 더 많은 사람의 '살고 싶은 도시'가 될 것이다.

나는 그 길의 한가운데에서, 주민들과 함께 서 있을 것이다.

문화 예술이 지역을 바꾸는 순간들

　광명에 산 지 35년이 넘었다. 이 도시는 겉으로 볼 때는 잔잔하고 조용한 곳이지만, 그 속에는 오래된 삶의 무늬와 묵은 시간의 결이 남아 있다. 나는 광명에 살면서 도시가 변하는 모습을 수없이 보아왔다. 그러나 그 변화의 순간마다 공통적으로 떠오른 생각이 하나 있다. 도시를 바꾸는 힘은 언제나 예술에서 나온다는 것이다. 눈에 보이는 건물이 아니라, 사람들의 마음을 움직이고, 일상의 풍경을 다시 보게 만드는 예술의 힘. 그 변화의 순간은 도시의 표정이 달라지는 곳에서 늘 시작된다.

　광명동굴을 처음 방문했을 때의 느낌을 아직도 잊지 못한다. 깊고 차가운 공간, 촉촉한 공기, 멀리 울리는 물방울 소리, 그리고 사람의 손으로 만든 터널이 남긴 굴곡. 이곳은 단순한 관광지가 아니라, 그 자체로 하나의 거대한 예술적 공간이었다. 그러나 동굴이 관광 콘텐츠 중심으로 운영되고 반복적인 조명·전시 체험 위주로 고착되면서, 창작자나 예술가가 깊게 개입할 '여지'가 사라지고 있었다. 나는 늘 이렇게 생각해 왔다.

'이 동굴은 자연이 빚어낸 가장 아름다운 예술 공간이다. 그런데 왜 우리는 이곳을 소비 중심 공간으로만 쓰고 있는가?'

동굴은 예술가에게는 실험실이 될 수 있다. 사운드 아티스트에게는 세계 어디에서도 구현하기 어려운 잔향의 성전이 되고, 미디어 아티스트에게는 빛과 어둠이 만들어 내는 완벽한 캔버스가 되고, 무용가에게는 인간의 움직임이 가장 신비롭게 투영되는 무대가 될 수 있다. 그러나 지금의 광명동굴은 이러한 가능성을 열어 두지 못하고 있다. 창작자가 공간에 접근하기 어렵고, 정책이 장기 프로젝트보다는 단발성 이벤트 중심으로 설계된 탓이다.

나는 경기도의원으로 활동하던 어느 날, 한 소규모 예술 단체가 주민들과 함께 진행한 '생활문화 프로젝트'를 본 적이 있다. 작은 무대, 대규모 예산도 없었다. 그러나 그 공연이 끝난 뒤 동네 주민들이 서로 말을 건네고, 아이들이 즉흥적으로 리듬을 따라 뛰어다니며 즐거워하는 모습을 보며 실감했다. 예술은 물리적인 환경을 바꾸는 것이 아니라, 사람과 사람 사이의 관계를 바꾸고, 도시의 공기를 따뜻하게 만드는 힘을 가지고 있었다. 그 장면은 이후 나에게 매우 중요한 기준이 되었다. 도시의 문화 정책은 이벤트의 크기가 아니라, 사람의 표정이 바뀌느냐로 판단해야 한다는 것이다.

2016년부터 2018년까지 경기도 평생교육진흥원장으로 일하면서 나는 '학습 공간이 곧 문화 공간이 될 수 있는가'라는 오래된 물음을 실험할 기회를 얻었다. 우리는 학습관 곳곳에 예술을 접목하는 작은 시도를 했다. 지역 예술가와 주민을 연결한 협력 워크숍, 지역의 역사와 문화를 함께 기록하는 시민 아카이브 프로그램, 음악·사진·미디어 예술을 결합한 창작형 학습 실험 등이 그것이었다. 이 과정에서 나는 예술이 사람들의 자존감과 지역 정체성 회복에 얼마나 큰 힘을 주는지, 그리고 창작의 경험이 주민 공동체를 얼마나 단단하게 만드는지를 직접 확인했다.

그 경험은 지금 광명을 다시 바라보게 하는 중요한 렌즈가 되었다. 광명시는 문화적 잠재력이 매우 높은 도시다. 광명동굴이라는 세계적 공간, 광명역이라는 전국급 광역허브, 그리고 골목 곳곳에 숨겨진 지역 공동체의 결. 그러나 문화 예술 정책을 들여다보면 여전히 해결해야 할 과제가 적지 않다. 예술 창작보다는 행사 중심 정책이 많고, 도시의 잠재적 문화 공간들이 충분히 활용되지 못하고 있으며, 무엇보다 예술가가 광명에 오래 머물며 작업할 수 있는 기반이 약하다. 예술가가 잠시 전시만 하고 떠나는 도시는 결국 관광 도시로만 머무른다.

지속되는 문화 도시는 예술가가 머물고 생활하고 성장하는 도시에

                    OK김경표, OK광명!

서만 탄생한다.

광명역을 지날 때마다 나는 한 가지 그림이 떠오른다. 전국의 예술가들이 기차에서 내려 광명으로 들어오고, 작업실에서 밤새 창작을 하고, 커뮤니티 프로그램을 통해 지역 주민과 자연스럽게 어울리고, 다시 전국으로 그 창작물을 퍼뜨리는 모습. 광명역은 이미 전국 어디든 연결되는 교통 요지다. 그러나 이 엄청난 이점을 광명은 아직 문화예술 정책에서 충분히 활용하지 못하고 있다.

광명역 주변에 '창작 중심 레지던시'를 만든다고 생각해 보자.예술가가 장·단기 체류할 수 있는 작업실, 공동 장비를 활용할 수 있는 미디어랩, 소규모 전시 공간, 예술가-주민 협업 공간이 하나의 복합체로 설계된다면 어떨까. 광명역이라는 위치적 강점이 예술 생태계의 심장으로 바뀌는 순간, 광명은 서울과 경쟁하는 도시가 아니라 전국의 예술가가 모여드는 새로운 창작 수도가 될 것이다.

이 레지던시는 광명동굴과 긴밀하게 연결될 수 있다. 예술가들이 광명역에서 작업을 하고, 광명동굴에서 실험적 프로젝트를 선보이며, 동굴을 미디어 아트·설치예술·사운드 아트의 국제 스테이지로 바꾸는 것이다. 동굴 내부의 공명과 자연 구조는 세계 어느 도시에서도 구현할 수 없는 독보적 자산이다. 단순 '관광지'가 아니라, '지하 예술 실험실'로 전환될 때, 광명동굴은 창작자들에게 가장 매력적인 무대가 된다.

그리고 이 변화를 광명 전역으로 확산할 수 있다.

새터마을, 광명5동, 하안동, 밤일마을 같은 지역들은 이미 커뮤니티 기반이 살아 있고 골목의 개성이 뚜렷하다. 이런 골목에 작은 작업실, 오픈 스튜디오, 주민과 함께 만드는 예술 프로그램을 심어 놓으면 도시의 결이 자연스럽게 바뀐다. 예술은 멀리 있는 것이 아니다. 주민이 자신의 집 앞에서 작은 조각 전시를 열고, 청년 예술가가 골목에서 즉흥 공연을 펼치고, 아이들이 골목 공방에 들어가 세상을 배우는 순간—도시는 이미 변화하고 있는 것이다.

지금의 광명은 변화의 초입에 서 있다. 문화 예술은 도시를 정체성 있게 만들고, 주민의 삶에 온기를 불어넣으며, 지역 경제를 창의적으로 움직이는 힘이 있다. 그러나 이 힘이 제대로 작동하기 위해서는 두 가지가 필요하다.

첫째, 예술가가 머물고 싶어지는 도시 환경. 둘째, 예술을 '행사'가 아니라 도시의 '미래 전략'으로 바라보는 시각.

광명은 이 두 가지를 모두 가질 수 있는 도시다. 광명동굴이라는 세계적 자산, 광명역이라는 전국적 플랫폼, 그리고 골목마다 살아 숨 쉬는 지역 공동체. 이 세 가지가 예술과 연결되는 순간, 광명은 단순히 '주거 도시'가 아니라 대한민국의 창작 수도가 될 수 있다.

나는 앞으로 광명이 그렇게 변하는 모습을 보고 싶다. 도시의 어디를 가도 예술가의 숨결이 느껴지고, 주민들이 지역에서 예술을 통해 서로 배우고 교류하며 성장하는 모습. 광명역에서 내리는 예술가들이 "이곳에서 작업하고 싶어서 왔다"라고 말하는 순간. 광명동굴이 새로운 예술을 실험하고 세계의 창작자들이 찾아오는 공간이 되는 순간. 그 변화가 오면 광명의 공기는 분명 달라질 것이다.

문화 예술이 지역을 바꾸는 순간은 거창한 무대에서 오지 않는다. 한 예술가의 작업이 동네 아이의 마음에 불을 켜고, 한 주민의 작은 참여가 골목의 분위기를 바꾸며, 한 공간의 개방이 도시의 상상력을 확장시키는 곳에서 시작된다. 광명은 지금 그 변화의 문 앞에 서 있다.

나는 이 도시에서, 그 문을 함께 열고 싶다. 광명이 가진 잠재력은 이미 충분하다.
이제 필요한 것은 예술이 그 잠재력에 불을 붙이는 일뿐이다.

광명 전통시장 골목에서 배운
도시 재생의 진짜 의미

　도시는 사람의 기억으로 만들어진다. 오래된 골목마다 세월이 깃들어 있고, 시장의 소리마다 삶의 결이 스며 있다. 나는 정치인의 길을 걷는 동안 수많은 도시 개발과 도시 재생의 보고서를 봐 왔지만, 그 어떤 문서에서도 '도시의 온도'를 느끼지는 못했다. 도시의 진짜 모습은 회의실의 프레젠테이션 속에서가 아니라, 사람들의 한숨과 웃음이 묻은 현장에서 드러난다.

　광명 전통시장은 그런 의미에서 나에게 특별한 공간이었다. 쇠락해 가는 상권, 변화에 뒤처진 건물, 비어 있는 점포들….
　누군가에게는 낡아 버린 공간처럼 보일 수도 있었지만, 나는 이 골목들을 걸을 때마다 오히려 도시의 근육과 뼈대를 느꼈다. '도시 재생의 답은 여기 있다'는 확신이 들었다.

　　　　　　　　　　　　　　　　　OK김경표, OK광명!

　총선이나 지방선거를 앞두고 수많은 도시 재생 공약들이 난무하지만, 나는 늘 '도시 재생이 무엇인가?'라는 본질적인 질문부터 다시 시작했다. 그러던 어느 날, 새벽시장에 나와 있던 한 어르신이 내 손을 잡고 말한 한마디가 그 질문에 답을 선물처럼 안겨줬다.

　"재생이라는 게 어려운 거 아냐. 이 시장이 계속 살아 있게만 해 주면 되지."

　어르신의 그 말은 그 어떤 정책서보다 강력한 메시지였다. 살아 있다는 것, 다시 숨을 쉬게 하는 것, 그 안에서 사람들의 삶이 이어지게 하는 것. 그것이 도시 재생의 출발이자 끝이었다.

나는 도시를 살리는 힘은 건축이 아니라 '이야기'라고 믿는다. 광명 전통시장을 걸으면 상인은 단순히 물건을 파는 사람이 아니라, 자신만의 삶의 역사를 전하는 이야기꾼이 된다. 국수 한 그릇을 말아 내는 손길에는 30년의 기억이 담겨 있고, 오래된 간판에는 그 세월을 버텨 온 가족의 사연이 있다. 그런 이야기들이 모여 시장이라는 생태계를 이루고, 그 생태계가 바로 도시의 체온을 만든다.

하지만 어느 순간부터 시장은 조금씩 힘을 잃기 시작했다. 도시가 성장하면서 사람들의 발길은 대형 마트와 쇼핑몰로 향했고, 온라인 쇼핑이 생활이 된 시대에 시장은 낡은 풍경처럼 밀려났다. 그래서 사람들은 전통시장을 살리자며 각종 도시 재생 사업을 추진했고, 예산을 투입하여 페인트를 칠하고, 간판을 바꾸고, 길을 넓혔다.

그러나 시장 골목은 여전히 적막했고, 상인들의 얼굴에는 생기가 돌지 않았다. 그때 나는 깨달았다. 건물만 고쳐서는 시장은 살아나지 않는다. 도시에 필요한 것은 새로운 벽돌이 아니라 새로운 이야기였다. 바로 콘텐츠였다.

콘텐츠란 화려한 공연이나 거대한 축제만을 의미하지 않는다. 사람이 가진 이야기, 장소가 가진 기억, 동네가 가진 고유한 색깔. 이 모든 것이 콘텐츠였다.

광명 전통시장에는 콘텐츠가 있었다. 30년째 자리를 지키는 국숫집의 내음, 손주들에게 자랑한다며 팔찌를 만들어 파는 할머니의 손

　　　　　　　　　OK김경표, OK광명!

길, 하루에도 수십 명의 아이들과 인사하는 붕어빵 사장님의 환한 웃음. 이것이 누구도 따라 할 수 없는 '광명만의 콘텐츠'였다.

어느 날, 시장 한 켠에서 청년 예술가들이 만든 작은 버스킹을 보았다. 그 순간 시장 전체의 공기가 바뀌는 것을 느꼈다. 사람들이 발걸음을 멈추고 음악을 들었고, 상인들은 간식과 따뜻한 차를 나눠주며 함께 했다. 그 짧은 시간 동안 버려진 골목이 문화가 있는 골목으로, 다시 살아 움직이는 골목으로 변해 있었다.

이 작은 변화에서 나는 도시 재생의 실마리를 보았다. 도시는 예산으로만 움직이는 것이 아니라, 사람과 예술이 만나고, 이야기가 꽃피어야 살아난다는 것을.

이 경험 이후 나는 광명 전통시장을 문화·관광·공동체가 자연스럽게 얽힌 복합공간으로 만들어야 한다는 확신을 갖게 되었다. 빈 점포를 청년 창업자에게 제공하면 그곳은 창작 플랫폼이 되고, 오래된 창고를 작은 갤러리로 바꾸면 지역 예술가의 삶이 진열된다. 시장 입구에 버스킹 행사장이 생기고, 골목에서 야시장이 열리면 사람들은 다시 밤의 시장을 즐기기 시작할 것이다. 이것은 단지 전통시장을 살리는 일이 아니라, 광명의 고유한 문화 생태계를 만드는 일이다.

이러한 구상은 결코 비현실적인 상상이 아니다. 실제로 세계 곳곳에서 도시 재생은 '사람'과 '이야기'(콘텐츠)를 중심으로 성공해 왔다.

일본 가와고에에서는 전통 건물을 허물지 않고, 옛 간판과 골목을 그대로 남겨 두는 대신 현대적 문화 콘텐츠를 더했다. 과거의 기억이 여행 상품이 되었고, 낡은 건물은 도시의 브랜드가 되었다. 그 결과, 작은 골목이 연간 수백만 관광객을 모으는 명소가 됐다. 광명 전통시장도 오래된 벽과 간판에서 '광명의 이야기 체계'를 구축할 수 있다.

스페인 바르셀로나의 보른 지구는 폐허가 된 시장 건물에 역사·문화복합센터를 만들었다. 건물을 철거하지 않고 그 위에 유적을 그대로 보존해 전시관과 공연장을 더했다. 사람들은 '쇼핑'하러 오는 것이 아니라 '이야기를 체험하러' 온다. 광명도 전통시장의 오래된 구조 자체가 문화 자산이 될 수 있다. 그것을 어떻게 창의적으로 엮을까가 중요했다.

그리고 미국 시애틀 파이크 플레이스 마켓은 더욱 특별한 사례다. 이 시장은 철거될 뻔했지만, 시민들이 시장을 지키기 위해 직접 나섰다. 서명을 모으고 기금 모금을 하며, 시장을 '시민의 시장'으로 만들었다. 그 결과, 지금은 전 세계에서 가장 사랑받는 전통시장이 되었고, 지역 경제의 심장이 되었다. 여기서 배운 진짜 교훈은 하나였다. 지속 가능한 도시 재생은 시민이 주체가 되어야 한다.

광명 전통시장이 진정으로 살아나기 위해서는 행정이나 전문가보다 먼저 상인, 주민, 청년, 지역 예술가, 신중년 기획자 등이 함께 참여해야 한다. 도시를 바꾸는 힘은 건축가의 도면이 아니라 지역의 공동

　OK김경표, OK광명!

체에 있다.

나는 광명 전통시장을 떠올릴 때마다, 새벽부터 가게 문을 여는 상인들의 손길과 곳곳에 남아 있는 사람들의 이야기가 먼저 생각난다. 그 이야기를 한데 모아 스토리텔링 투어를 만들고, 시장 곳곳을 예술로 채우고, 밤에도 안전하고 활기 있게 만들면 시장은 단순히 '먹거리 공간'이 아니라 '문화의 중심지'로 자리매김할 수 있다.

궁극적으로 내가 꿈꾸는 광명 전통시장의 미래는 이렇다. 낡았다고 여겨지던 시장이 예술작품처럼 다채로운 색을 띠고, 청년들이 꿈을 펼치는 공간이 되고, 가족 단위 관광객들이 이야기를 따라 걷고, 밤에도 온기가 있는 시장. 그리고 무엇보다, 이 공간 안에서 살아가는 상인들의 미소가 더 깊어지고, 주민들의 발걸음이 더 자주 머무르는 곳.

도시 재생은 건물 페인트를 새로 칠하는 일이 아니다. 도시는 결국 사람의 이야기로 살아난다. 광명 전통시장을 걸으며 나는 그 사실을 다시 한번 되새겼다.

나는 앞으로도 광명 곳곳에서 이러한 살아 있는 도시 재생을 펼치고 싶다. 사람의 기억이 담긴 공간을 지키고, 오래된 골목의 이야기를 잇고, 새로운 문화를 흐르게 하는 일. 그것이 내가 믿는 도시 재생의 진짜 의미이며, 광명을 위해 반드시 실현하고 싶은 약속이다.

광명동굴에서 만난 미래 관광의 방향

광명동굴은 한 도시가 가진 상처와 잠재력이 동시에 드러나는 공간이다. 나는 이 동굴을 걸을 때마다 그 안에서 반짝이는 관광의 가능성만 본 것이 아니라, 관광이 가진 그늘까지 함께 마주하게 되었다. 관광이 도시를 살릴 수 있지만, 때로는 도시의 가장 소중한 것을 조금씩 깎아내릴 수도 있다. 광명동굴은 지금 이 두 힘 사이에서 조용한 긴장을 안고 있다. 그 긴장을 외면하지 않는 것이, 이제 우리가 가야 할 길이라고 나는 믿는다.

1. '관광 활성화 vs 공공성' 사이의 팽팽한 줄다리기

광명동굴은 매년 수십만 명의 관광객이 찾는 도시의 대표 명소이다. 하지만 그 관광 활성화의 이면에는 원주민의 이동 불편, 주변 환경 훼손 논란, 그리고 동굴 인근 개발 사업의 공공성·투명성 문제가 따라다닌다.

관광객이 늘어나는 만큼 주민의 삶은 늘 편해지지 않았다. 도시에는 관광의 이익뿐 아니라 '누가 그 이익을 얻고, 누가 불편을 감수하는가'라는 질문이 필요하다.

나는 여러 주민과의 대화를 통해 광명동굴이 진정한 시민의 공간이 되려면, 관광객과 주민이 함께 숨 쉬는 도시 구조가 필요하다는 것을 깨달았다.

동굴이 잘되면 도시가 잘되어야지, 동굴이 잘되는데 주민이 불편해져서는 안 된다. 도시의 관광은 시민의 삶 위에 존재해야 한다.

2. '콘텐츠의 반복'이라는 보이지 않는 위기

광명동굴은 여름철 피서지, 와인동굴, 미디어아트, 공연·전시 등 다양한 테마로 사랑을 받아 왔다. 하지만 나는 오래전부터 한 가지 우려를 품고 있었다. 관광 콘텐츠에는 '유통 기한'이 있다는 점이다. 한 공간이 아무리 매력적이라도 비슷한 형식의 콘텐츠가 반복되면 사람들의 기대는 빠르게 줄어든다. 새로움이 사라지는 순간 방문객은 발길을 돌리고, 정체성 없는 관광지는 순식간에 '한때 인기 있던 곳'이 된다. 동굴 하나만으로 관광이 지속될 수는 없다. 도시는 살아 있는 생명체처럼 계속해서 새로운 이야기와 경험을 만들어 내야 한다. 광명동굴이 지금 필요한 것은 더 화려한 무대나 더 자극적인 콘텐츠가 아니라, 장기적으로 성장할 수 있는 '도시 전체의 이야기 구조'이다.

3. '상업화 vs 기억 보존' — 동굴이 잃어버릴 뻔한 가치

광명동굴이 처음 개발될 때의 출발점에는 '폐광 = 상처', '노동의 흔적 = 기억', '광명의 과거 = 우리가 잊지 말아야 할 역사'라는 인식이 분명하게 자리하고 있었다.

그러나 세월이 지나면서 동굴은 점점 상업적 관광지로 소비되었고, 과거의 의미가 희미해졌다는 비판이 들려왔다.

나는 이 지점에서 깊은 고민에 빠졌다. 도시가 가진 '상처의 기억'을 관광 상품으로만 소모해서는 안 된다. 고통의 역사를 볼거리로 포장하는 순간, 도시는 자신의 뿌리를 잃어버린다.

 OK김경표, OK광명!

동굴의 어둠 속에는 삽과 곡괭이를 들었던 사람들의 숨결이 있다. 그 기억이 지워진다면 광명동굴은 단순한 테마파크와 다르지 않다.

그렇다면 어떻게 해야 할까?

나는 이 세 가지 문제—관광 vs 공공성, 콘텐츠 반복의 위기, 기억 상실과 상업화를 하나의 방향으로 묶는 해법을 늘 구상해 왔다.
그리고 그 답은 매우 단순하면서도 명확하다.

• 해결책 1 — '시민 중심 관광'으로 관광의 기준을 다시 세운다

광명동굴을 단순한 관광지가 아니라 주민의 일상과 연결된 공공 공간으로 재정의해야 한다.

이를 위해 동굴-광명사거리-전통시장-가학산-업사이클아트센터를 잇는 시민 동선 관광 루트를 만들고, 야간 관람객을 위한 셔틀·운행 개선을 강화하며, 동굴 주변을 시민 휴식 공간으로 재설계하고, 상권 활성화가 주민 생활과 이어지도록 지역 식당·공방·청년 창업 연계 플랫폼을 구축해야 한다.

이렇게 하면 관광은 도시 경제를 살리는 동시에 주민의 삶을 풍요롭게 만드는 '상생 구조'가 된다. 관광은 외지인을 위한 것이 아니라 먼저 시민을 위한 것이어야 한다. 그럴 때에만 관광이 도시의 자산이 된다.

• 해결책 2 — 동굴이 아니라 '광명 전체'를 콘텐츠화한다

관광 콘텐츠의 반복성을 해결하는 방법은 간단하다. 동굴 하나에

의존하지 않는 것.

광명의 자연, 역사, 골목, 문화 예술, 상권, 산업유산을 하나의 '이야기 지도'로 만들면 광명동굴은 광명 관광의 '시작점'이지 '전부'가 아니다.

예를 들어, 동굴에서 광명의 산업 역사를 배우고, 전통시장에서 사람의 이야기를 만나고, 업사이클아트센터에서 지속가능성을 체험하고, 원예·정원 문화 공간에서 힐링을 경험하고, 가학산에서 자연을 느끼며 마무리하는, 이런 3~5시간짜리 '광명형 복합관광코스'가 만들어질 수 있다.

이 구조에서는 관광이 단발 이벤트로 끝나는 것이 아니라 도시 전체가 살아 있는 스토리텔링이 된다. 광명동굴이 살아남는 길은 광명 전체를 관광의 생태계로 만드는 것이다.

● 해결책 3 — 동굴의 역사성을 복원하고 '기억의 전시장'으로 만든다

광명동굴의 본질은 '빛나는 관광지'가 아니라 '상처를 딛고 일어난 도시의 이야기 공간'이다.

그래서 나는 동굴의 역사적 흔적과 노동의 기억을 새롭게 기록하고 재구성하는 역사(전시·기억 아카이브)를 반드시 만들고 싶다.

동굴을 산업 유산의 기록관, 지역 노동자들의 스토리 아카이브, 일제강점기 채광 노동의 자료 전시관으로 재해석하면, 동굴은 상업적 관광을 넘어 도시의 정체성을 담은 공간이 된다.

그때 비로소 광명동굴은 광명을 대표하는 '관광지'를 넘어 광명을 상징하는 '기억의 성지'가 될 것이다.

다시, 광명동굴에서 배우는 관광의 미래 광명동굴은 이미 우리에

　　　　　　　　　　　　　　　　　　OK김경표, OK광명!

게 중요한 교훈을 주었다.

관광은 시민을 불편하게 해서는 지속될 수 없다.

관광은 계속 새로워야 하며, 도시 전체가 콘텐츠가 되어야 한다. 관광은 도시의 상처와 기억 위에 세워져야 의미가 있다. 나는 광명동굴을 보면서 광명이라는 도시가 가야 할 미래를 다시 생각하게 된다.

관광이 도시의 활력과 희망이 되려면 공공성·정체성·지속 가능성이 세 가지가 반드시 중심이 되어야 한다.

그 균형을 잡는 일, 그것이 내가 앞으로 하고 싶은, 광명의 미래를 위한 도시 경영이다.

사람 중심 관광 도시,
광명이 만들어야 할 새 지도

　광명에 살며 나는 한 가지 사실을 오래전부터 믿게 되었다. 좋은 관광 도시는 외부 방문자를 위한 도시가 아니라, 먼저 그 도시의 시민이 머물고 싶은 도시라는 것이다. 외지인이 감탄하는 도시의 풍경은 결국 그 도시 시민의 일상이 만든다. 그래서 나는 광명이 앞으로 그려야 할 관광의 지도는 행정의 선이 아니라, 사람의 경험 선이라고 생각한다.

　　　　　　　　　　　　　　OK김경표, OK광명!

관광이라는 단어는 종종 외부의 시선을 의식하게 만들지만, 세계적인 관광 도시들을 보면 중심에는 항상 '삶의 방식'이 있다. 파리의 카페 문화, 교토의 골목 풍경, 헬싱키의 생활 예술 공간들처럼, 사람의 속도가 묻어 있는 일상이 곧 관광이 된다. 한국의 도시 관광이 오랫동안 양적 지표 중심으로 설계된 탓에 삶과 관광이 분리되었지만, 광명은 이 틀을 거꾸로 바꿀 수 있는 도시다. 광명은 큰 도시가 아니지만, 작은 도시만이 만들 수 있는 섬세한 경험의 힘을 가지고 있다.

광명에서 살다 보면, 이 도시가 관광 도시로서 이미 갖추고 있는 여러 조건이 눈에 들어온다. 그동안 우리는 그 잠재력을 너무 당연히 여겨 제대로 바라보지 못했는지도 모른다.

광명은 압축된 도시 구조를 가진 드문 도시다. 도보 10~20분 사이에 문화 시설, 골목 상권, 공원, 정원, 자연 산책로가 이어진다. 대도시는 멀리 떨어져 있는 공간들이 광명에서는 한 걸음 간격으로 연결된다. 관광객에게는 그 연결감이 도시의 깊이를 결정한다.

그리고 광명에는 다른 도시가 갖지 못한 확실한 인프라가 있다. 광명역이다. 전국 어디든 1~2시간 내에 닿을 수 있는 교통의 관문. 수도권에서 가장 빠르게 전국과 연결되는 공간. 만약 관광을 도시산업으로 키운다면, 광명만큼 접근성이 좋은 도시는 대한민국에 많지 않다. 광명역은 단순한 역이 아니라, 광명을 전국의 도시와 잇는 문이자 시작점이다.

그러나 내가 오랫동안 느껴 온 광명의 가장 아름다운 가능성은 따로 있다. 이 도시의 숨은 보석 원예 단지와 정원 문화이다.

광명 원예 단지는 단순한 꽃집 거리도 아니고, 상업적 농가 단지도 아니다. 이곳에는 오랜 세월 축적된 기술력과 손결, 식물과 함께 시간을 보내는 장인의 태도, 그리고 도시에서는 보기 어려운 느린 삶의 리듬이 있다.

나는 이곳을 지날 때마다 다른 도시에서는 보기 힘든 도시 정원 생태계의 가능성을 본다. 정원은 관광보다 더 큰 힘을 가진다. 정원은 도시의 숨을 고르게 만들고, 걷는 사람의 속도를 낮추며, 보는 사람의 마음을 안정시킨다. 세계의 작은 도시들이 정원과 가드닝을 중심으로 관광을 빚어내는 이유도 그 때문이다.

만약 광명이 원예 단지를 도시 정원 문화와 체험 관광의 중심지로 새롭게 연결한다면, 이곳은 단순 방문지가 아니라 사람이 치유되고 머무는 도시의 리듬을 만들 수 있다. 정원은 큰 예산 대신 손길과 시간으로 만들어지며, 바로 그 점이 도시의 매력을 가장 진하게 드러낸다.

광명사거리의 문화 골목은 또 다른 풍경을 품고 있다. 오래된 가게와 새로운 공방이 공존하는 이 골목들은 행정용어로는 '상권'이지만, 사람들의 발걸음 속에서는 '경험의 통로'가 된다. 이 골목을 걷다 보면 도시가 가진 리듬을 몸으로 느낄 수 있다. 작은 카페의 커피 향기, 오래된 분식집의 익숙한 냄새, 공방 창문 너머 보이는 손끝의 움직임. 이 모든 감각이 도시의 고유한 이야기를 만든다. 광명은 이 문화 골목을 관광 정책으로 확장할 수 있다. 관광객을 위한 거대한 구조물보다, 시민의 일상에서 자연스럽게 흐르는 감각을 중심으로 한 도시 경험이 광명을 더 오래 기억하게 만든다.

도시는 단독의 장소가 아니라, 경험을 통해 이어진 선線이다. 그래서 나는 광명에 '경험을 기반으로 한 관광 지도'가 필요하다고 생각한다. 행정 지도의 구획이 아니라, 걷고 싶은 길·머무르고 싶은 장소·보고 싶은 풍경을 잇는 새로운 지도다.

나는 광명이 만들 수 있는 관광 지도의 골격을 다음과 같이 그려 본다. 물론 이 지도는 행정의 구역이 아니라 사람의 하루 루트로 구성된다.

• 루트 1 : '정원의 도시 광명'을 체험하는 식물·정원 루트

광명 원예 단지, 정원 문화 스트리트 → 소규모 가드닝 클래스, 식물 공방 → 도심 속 작은 녹지 정원 → 안양천 따라 이어지는 생태 산책길 → 저녁에는 정원 카페에서의 로컬 식물 전시 → 도시의 속도 대신 '숨'을 경험하는 관광 루트

• 루트 2 : 광명사거리 생활문화 골목 루트

광명사거리 문화 골목 카페·공방 → 지역 소규모 미술 전시 → 마을기록관·스토리 전시 → 야간 골목음악회나 마을 카페 공연→ 작은 도시가 가진 가장 섬세한 풍경을 느끼는 루트

• 루트 3 : 자연과 도시가 연결되는 느린 루트

도덕산 숲길 → 도심 공원과 생활정원 → 광명동 네트워크형 골목길 → 해 질 무렵 동네 음악회나 소규모 전시 → '도시의 속도'가 아니라 '사람의 속도'로 여행하는 루트

앞선 세 가지 루트는 단지 관광객을 위한 동선이 아니다. 광명 시민이 주말에 걸어보고 싶은 길이고, 평일 퇴근길에 천천히 걸어볼 수 있는 길이며, 어느 날 문득 '내 도시가 참 좋다'고 느끼게 만드는 길이다. 그 감정이 바로 광명을 관광 도시로 기억하게 만든다.

광명이 사람 중심의 관광 도시로 성장해야 하는 이유는 명확하다. 광명은 이미 관광 도시의 기술적 조건을 모두 갖추고 있다. 그런데 조건보다 훨씬 중요한 것은 도시의 결이다. 광명은 과도하게 상업화되지 않은 자연과 일상의 온기가 남아 있는 도시다. 이 균형을 지키며, 정원·골목·자연·생활문화가 이어지는 '조용한 매력의 도시'가 될 수 있다.

관광 정책이 공간 개발이 아니라 경험 설계로 바뀌는 순간, 광명은 전혀 다른 도시가 될 것이다. 그리고 그 변화는 시민의 삶에 직접 영향을 미칠 것이다. 관광 정책이 시민을 위한 정책이 되는 도시―이것이 내가 꿈꾸는 광명의 모습이다.

광명은 이미 준비가 되어 있다.

이제 그 지도를 새로 그릴 시간이다.

사람의 발걸음이 자연스럽게 이어지고, 정원의 향기와 골목의 문화가 도시를 감싸는 그 지도. 그 지도를 따라 걷는 사람들의 표정이 달라지는 순간, 광명은 비로소 사람 중심 관광 도시로 완성될 것이다.

　　　　　　　　　　　　　　　　OK김경표, OK광명!

도시 농업과 원예 단지,
광명의 또 다른 문화 예술

광명에서 살다 보면, 이 도시가 가진 자연스러운 아름다움 중 하나는 눈에 잘 띄지 않는 곳에 있다. 거대한 건물도 아니고, 화려한 관광지의 조명도 아니다. 오랜 세월 사람의 손끝이 만들어 낸 흙의 결, 식물을 돌보는 정성, 사계절의 변화를 품은 원예 단지와 도시 농업의 풍경이다. 나는 이곳에서 도시가 가진 또 다른 문화 예술의 가능성을 본다.

도시 농업은 단순히 먹거리를 재배하는 일이 아니다. 도시의 생태를 회복하고, 공동체를 연결하고, 삶의 속도를 조절하는 문화 행위이자 예술적 실천이다. 세계 도시들은 이미 이 사실을 오래전부터 깨달았다. 파리는 옥상 정원을 도시 정책으로 만들었고, 도쿄는 학교마다 텃밭을 두었으며, 뉴욕은 도시 재생의 중심축을 도시 농업에서 찾았다. 이 도시들은 흙을 가꾸는 일이 도시의 뿌리를 다시 다지는 일이라는 것을 알고 있었다.

한국에서도 도시 농업은 조용히, 그러나 꾸준히 확장되어 왔다. 2011년 「도시 농업의 육성 및 지원에 관한 법률」 제정 이후 많은 도시가 도시 농업을 도입했지만, 아직 '도시의 핵심 전략'으로 삼은 도시는 많지 않다. 도시 농업은 복지·환경·교육·문화·관광을 하나로 연결할 수 있는 드문 정책 자원이다. 그럼에도 우리는 도시 농업을 여전히 '여가 활동' 정도로만 바라보는 경향이 있다.

하지만 광명은 다르다. 광명은 도시 농업과 원예 산업을 핵심 도시 전략으로 만들 수 있는 풍부한 조건을 가진 도시다. 광명의 원예 단지는 단순한 꽃집의 집합이 아니라, 수도권에서 가장 밀도 높고 전문적인 도시 원예 생태계 중 하나다. 이곳에는 화훼 농가, 희귀 식물 전문점, 원예 공방, 정원 자재 상점, 식물 아카이브 공간 등 도시 정원 산업

　　　　　　　　　　　　OK김경표, OK광명!

전체의 흐름이 응축되어 있다. 도시의 규모보다 이 생태계가 높은 밀도로 존재한다는 것은 광명의 특별한 조건이다.

나는 이곳에서 '정원 문화'라는 단어를 다시 생각하게 된다. 정원은 자연이 아니라 사람이 만든 자연이고, 자연과 사람이 가장 평화롭게 만나는 장소다. 정원을 돌보는 일은 예술가가 작품을 만드는 과정과 닮아 있다. 흙을 다루고, 사계절을 읽고, 시간에 따라 공간이 변하는 모습을 상상하는 일. 그래서 나는 광명의 도시 농업과 원예 단지를 도시의 또 다른 문화 예술이라고 부르고 싶다.

도시 농업의 정책적 중요성은 점점 더 크게 부각되고 있다. 첫째, 도시 환경을 회복하는 힘이다. 도시 농업은 기후 위기 시대의 탄소 흡수원이며, 도시의 열섬 현상을 줄이고 생태 회복력을 높인다. 둘째, 지역 공동체를 강화한다. 텃밭을 함께 가꾸고 수확물을 나누는 과정은 자연스럽게 이웃 관계를 회복시키는 효능이 있다. 셋째, 교육적 가치가 크다. 아이들은 텃밭에서 생태를 배우고, 어른들은 흙을 만지며 삶을 천천히 들여다본다. 넷째, 치유의 기능이 있다. 원예 치유는 전 세계적으로 이미 치유 프로그램의 중요한 축이다.

여기에 원예 산업의 미래가 결합되면, 광명은 새로운 도시 모델을 만들어 낼 수 있다. 한국의 원예 산업은 최근 '정원 문화', '인테리어 식물 시장', '정원 기반 관광', '도시 치유 산업'으로 확장되고 있다. 생활정원, 테라스 가드닝, 실내정원, 지역형 정원 축제 등은 이미 세계 도시에서 중요한 산업으로 자리 잡았다. 광명의 원예 단지는 이러한 변화에 가장 적합한 도시적 기반을 갖추고 있다. 광명은 단순한 정원 소비가 아니라, 정원을 만드는 도시, 정원을 체험하는 도시, 정원에서 치유되는 도시가 될 수 있다.

해외의 도시 농업 사례는 이 가능성을 더 확신하게 만든다. 뉴욕 브루클린의 '브루클린 그랜지'는 옥상 위 수직 농업으로 도시를 세계적인 도시 농업의 심장으로 만들었다. 일본의 '도쿄 시부야 그린 프로젝트'는 시민과 청년 디자이너가 함께 만든 공공정원이 도시의 새로운 명소가 되었다. 독일 베를린의 '프린츠 가르텐'은 버려진 공장을 정원으로 바꾸어 도시 재생의 대표적 상징이 되었다. 누구나 생각할 수 있지만 아무나 실행할 수 없는 것들. 그러나 광명은 이 실험을 실행할 수 있는 조건이 이미 갖춰져 있다.

국내에서도 서울의 '도시농업박람회', 성남의 '학교정원교육', 부산의 '시민정원 플랜트랩', 대전의 '공공도시농업 거점센터' 등 도시 농업을 기반으로 한 정책이 확장되고 있다. 하지만 이들 대부분은 특정 공간 중심의 단일형 모델이다. 광명은 다르다. 광명은 원예단지-도시정원-생활농업-치유정원-교육정원까지 생태계를 통째로 설계할 수 있다.

그래서 나는 광명에 다음과 같은 정책을 제안하고 싶다.

첫째, 광명 도시 정원 클러스터를 만들자. 원예 단지를 중심으로 정

OK김경표, OK광명!

원 갤러리, 식물 아카이브, 정원 디자인 교육센터, 도시 정원 마켓 등
을 연결해 하나의 생활문화 축으로 확장한다.

둘째, 시민 도시 농업 플랫폼을 구축하자. 동별·학교별·공간별 텃밭
을 연결하고, 초등학교·복지관·공원과 연계한 '생활농업 프로그램'을
광명형 모델로 만든다.

셋째, 청년 정원 창업 인큐베이터를 만들자. 가드닝, 정원 디자인,
식물공방, 식물유통 스타트업 등 미래 원예 산업을 광명에서 실험하
도록 돕는 것이다. 광명은 수도권 접근성이 높아 청년 창업 생태계를
만들기에 좋은 도시다.

넷째, 광명 정원축제를 만들자. 해외 도시처럼 시기별 정원을 개방
하고, 원예 단지·공원·골목 정원을 연결하여 시민과 방문자가 함께 걷
는 '정원의 거리'를 만드는 축제를 운영할 수 있다.

그리고 마지막으로, 나는 광명의 도시 농업과 원예 단지를 단순한
산업이 아니라 광명의 도시 정체성으로 삼아야 한다고 생각한다. 광
명은 자연이 도시로 흘러들고, 도시가 자연으로 이어지는 섬세한 도
시다. 이곳에서는 정원이 하나의 풍경이 아니라, 사람의 속도가 된다.
식물이 자라는 흐름처럼 느리고 깊은 도시. 그런 도시가 진짜 관광 도
시가 된다.

광명은 이제 새로운 가능성을 앞에 두고 있다. 도시 농업과 원예 단지는 광명의 또 다른 문화 예술이며, 이 문화 예술은 광명의 미래를 새롭게 만들 수 있다.

나는 광명이 그 길을 걷기를 바란다. 흙을 만지고, 씨앗을 심고, 식물을 돌보는 사람들이 도시의 풍경이 되는 그 길. 광명은 충분히 할 수 있다. 그리고 그 변화는 도시의 공기를 완전히 바꿀 것이다.

광명은 정원의 도시이자, 자연과 사람이 함께 자라는 도시가 될 수 있다. 나는 그 미래를 믿는다.

평생교육 현장에서 만난 '배움의 존엄'

　　평생교육원장으로 일하던 시절, 나는 배움이라는 것이 나이를 초
월해 흐르는 거대한 강이라는 사실을 수없이 목격했다. 유치원 교실
앞에서 부모의 손을 잡고 호기심 가득한 표정으로 서 있던 아이들,

초등학교 방과 후에 친구들과 뛰어오던 학생들, 밤마다 학습관의 불을 밝히며 새로운 기술을 배우던 직장인들, 그리고 은퇴 후 처음 글을 배우며 "내 이름을 내 손으로 적어보고 싶었다"라고 말하던 일흔의 어르신까지. 그들은 모두 다른 속도와 사연을 가지고 있었지만 한 가지는 같았다. 배움은 늦지 않으며, 배움은 인간의 존엄을 지탱한다는 사실이었다. 특히 문해교육 프로그램에서 만난 할머니들은 "글자 하나를 배우면 세상이 조금 더 크게 열리는 느낌"이라고 말하곤 했다. 그 순간 나는 깨달았다. 배움의 의미는 단순히 지식을 얻는 것이 아니라, 자기 삶을 다시 쥐어보는 감각이라는 것을.

평생교육 현장에서의 경험은 나에게 거대한 질문을 던졌다. 우리는 교육을 유아기·학교·대학·성인·노년으로 나누어 부르지만 실제로 배움은 끊어지는 법이 없다. 유치원에서 색연필을 잡던 아이의 손은 초등학교에서 글을 쓰고, 중학교에서 생각을 정리하며, 고등학교에서 진로를 고민하고, 성인이 되어 다시 새로운 기술과 사람을 배우며, 노년이 되어 삶의 의미를 다시 찾기 위해 또 학습관의 문을 두드린다. 한국 사회는 빠르게 고령사회로 전환되고 있고, 기술 변화 속도는 더욱 가속화되고 있으며, 직업은 한번 정하면 끝나는 시대가 아니라 수십 번 바뀌어야 하는 시대가 되었다. 이 변화 속에서 교육은 선택이 아니라 생존의 구조가 된다. OECD는 이미 "국가 경쟁력보다 중요한 것은 시민의 학습 회복력(learning resilience)"이라고 말했고, EU는 평생교육 체계를 도시 단위로 통합한 '유럽 평생학습 프레임워크(Lifelong Learning Cities)'를 운영하고 있다. 한국도 2011년 「도시공동체 평생학습법」, 2015년 「평생교육진흥법 개정」을 통해 기반을 마련했지만, 여전히 '생애주기 통합관리'는 부족하다.

이때 내가 큰 영감을 받은 사례가 있다. 핀란드의 'KOSKI 교육데이터 시스템'이었다. 핀란드는 한 시민의 유치원 교육 이력부터 고등교육, 직업교육, 평생교육까지 모든 학습 경험을 하나의 데이터 플랫폼에 통합해 개인 맞춤형 학습 설계를 가능하게 만들었다. 단순한 기록 저장이 아니라, 사람이 어떤 배움을 좋아하는지, 어떤 분야에서 잠재력이 있는지, 어떤 교육이 필요했는지 국가가 데이터를 통해 이해하는 방식이었다.

싱가포르의 SkillsFuture 패스포트는 성인이든 노년층이든 누구나 직업기술과 시민학습을 교육 이력과 연결해 경력 전환의 근거로 활용할 수 있게 했고, 캐나다 밴쿠버는 지역 학습 이력 시스템을 통해 시민 개개인에게 필요한 교육을 자동 추천하는 구조를 구축했다. 해외 사례를 보며 나는 확신했다. 배움의 흐름을 기록하는 데이터는 감시가 아니라 지원의 기반이라는 것, 그리고 이 구조를 도시 단위에서 가장 먼저 실행할 수 있는 곳이 광명 같은 중형도시라는 사실이다.

광명 평생교육 현장에서 만난 실버 세대의 사례는 특히 잊히지 않는다. 한 78세 어르신은 평생교육원에서 스마트폰 교육을 받으며 "손자들과 단체카톡방에 들어가는 것이 꿈"이라고 했다. 두 달 후 그분은 손주에게 이모티콘을 보내며 웃음을 터뜨렸고, 그 표정을 본 순간

나는 배움이 단순한 기술 습득을 넘어 인간의 관계를 회복시키는 힘
이라는 것을 다시금 실감했다. 또 다른 예로, 60대 초반에 조기 퇴직
한 한 시민은 원예교육 프로그램을 통해 새로운 기술을 배웠고, 이후
지역 정원관리 봉사단에 참여하며 삶의 활력을 되찾았다. 이런 사례
는 광명시에 너무 많다. 배움의 목적은 취업만이 아니라 존엄한 삶을
다시 세우는 과정이었다.

광명이 앞으로 교육 정책을 설계할 때, 나는 이러한 생생한 배움의
장면을 기초로 삼아야 한다고 생각한다.

특히 전 세대의 학습 데이터를 통합 관리하는 '광명형 생애학습 플
랫폼' 구축은 필수적이다. 유치원에서 발견된 창의성이 초등학교의 수
업 참여도와 연결되고, 중·고등학교에서의 흥미 기록이 대학 진학 혹
은 직업 선택 과정에 반영되며, 성인의 직업 조환 교육이 지역 고용센
터·산업 정책과 연계되고, 실버 세대의 학습 기록이 건강관리·복지정
책과 기존 데이터 연동을 통해 맞춤 돌봄으로 이어지는 구조. 이 시
스템은 광명 같은 도시가 가장 먼저 실험하고 완성할 수 있다. 이유는
명확하다. 도시 규모가 적당히 작아 조정이 빠르고, 학습기관과 공공
기관의 네트워크가 촘촘하며, 접근성이 높아 실질적 적용이 가능하
기 때문이다.

광명은 이미 자체적인 강점을 가지고 있다. 첫째, 도시가 작아 세대
간 동선이 겹치는 구조이기에 세대 통합 학습이 자연스럽다. 둘째, 지

 OK김경표, OK광명!

역 학교·도서관·복지관·마을배움터·주민센터·정원교육공간·문화시설
이 걸어서 연결되는 '생활권 기반 학습도시'라는 점이다. 셋째, 광명역
이라는 광역 허브를 통해 청년·직장인·실버 세대가 외부와의 학습 네
트워크를 빠르게 구축할 수 있다. 넷째, 원예단지·정원문화·도시농업
등 광명만의 생활을 기반으로 한 교육 인프라는 다른 도시가 따라오
지 못할 강점이다. 예를 들어, 도시농업과 정원교육은 실버 세대의 치
유·정신건강 프로그램과 결합될 수 있고, 아이들에게는 생태 기반 교
육이 될 수 있으며, 중장년층에게는 신직업군으로의 전환 교육이 될
수 있다. 광명엔 이미 이 기반이 있다.

해외의 고령사회 대응 정책을 떠올려 보면 광명이 가야 할 방향은
더 분명해진다. 일본 지바현은 고령자 평생교육 프로그램을 통해 노
인의 사회 참여도를 20% 이상 향상시켰고, 덴마크는 노년층의 생활
기술 교육을 복지정책의 핵심으로 채택해 노년기 우울감과 고독을
크게 줄였다. 독일은 '시니어 아카데미'를 통해 65세 이상 시민에게 대
학과 동일한 학습 기회를 제공한다. 이 흐름을 광명에 적용하면 매우
실질적인 성과를 만들 수 있다. 스마트폰 교육, 디지털 금융 교육, 문
해교육, 생태·정원·원예를 기반으로 한 치유 교육, 노년 심리 교육, 사
회 참여 리더십 교육 등 실버 세대의 삶을 바꾸는 프로그램을 광명
전역에 촘촘하게 배치하는 것이다.

광명은 이제 평생교육의 패러다임을 다시 설계해야 한다. 단발성
프로그램이 아니라 생애 전체를 아우르는 학습 구조를 만들어야 한

다. 나는 광명에 다음과 같은 정책을 제안하고 싶다.

첫째, '광명 생애학습기록부'를 도입해 시민의 배움을 데이터로 연결한다.

둘째, 광명 전역을 생활 학습 구역으로 설정하여 공원·정원·골목·도서관·학교를 모두 배움의 공간으로 열어 놓는다.

셋째, 실버 세대의 교육을 건강·돌봄·사회 참여와 결합해 새로운 노년의 삶을 설계하는 핵심 정책으로 확장한다.

넷째, 청년·중장년의 직업 전환 학습을 산업 정책과 연계해 지역 경제와 연결시킨다.

다섯째, 유아·청소년 교육은 정원·생태·도시 환경 교육과 연계해 교실 밖에서 이루어지는 학습을 강화한다.

여섯째, 학교와 지역 기관의 교육 데이터를 통합 관리해, 학습 이력이 개인의 성장경로로 이어지게 한다.

평생교육 현장에서 만난 시민들은 나에게 사람이 어떻게 성장하는지, 그리고 배움이 어떻게 삶을 다시 변화시키는지 보여 주었다. 배움은 처해 있는 조건을 넘어서는 힘이었고, 사람을 다시 일으키는 신기한 구조였다. 나는 광명이 이 배움의 존엄을 도시의 핵심 가치로 삼기를 바란다. 배움은 사람을 단단하게 만들고, 사람은 도시를 단단하게 만든다. 유치원에서 시작된 호기심이 노년의 치유로 이어지는 도시, 세대가 서로의 배움에서 배우는 도시, 학습이 삶을 더 넓게 만들어 주는 도시. 그런 도시야말로 가장 인간적이고 가장 지속 가능한 도시다.

　　　　　　　　　　　　　　　　　　OK김경표, OK광명!

평생교육의 현장에서 마주했던 따뜻한 표정들이 지금도 마음에 남아 있다. 그 표정들이 말해 주던 메시지는 단순했다.

"배움은 늦은 적이 없다."

그리고 나는 그 말이 앞으로 광명이 가야 할 모든 교육 정책의 출발점이라고 믿는다.

청년들과 함께 쓴 문화 도시의 초안

나는 청년들을 만날 때마다 광명의 미래를 보았다. 그들은 내가 경험하지 못한 방식으로 도시를 바라보고, 내가 생각하지 못한 속도로 세상을 해석하며, 내가 미처 상상하지 못한 언어로 도시의 다음 장을 써 내려갔다. 행정의 틀 안에서 오랜 시간 정책을 고민했던 나는 어느 순간 깨달았다. 도시의 미래는 행정이 쓰는 것이 아니라 청년의 상상력이 먼저 그려 낸다는 사실을. 어떤 청년은 광명동굴을 메타버스 공간과 연동해 버렸고, 어떤 청년은 광명역을 전국 청년 교류의 접점으로 상상했으며, 또 어떤 청년은 원예 단지와 예술을 결합해 '정원 도시 실험실'을 만들겠다고 말했다. 나는 이들의 제안을 들으며 '광명은 청년을 위한 도시가 아니라, 청년과 함께 쓰는 도시여야 한다'는 사실을 더욱 깊이 확신하게 되었다.

해외에서 본 청년 정책 흐름은 이 확신을 더 강하게 만들었다. 독일 베를린의 청년예술허브 '베타하우스', 영국 런던의 '프리어틀리어(Free

  OK김경표, OK광명!

Atelier) 프로그램', 핀란드 헬싱키의 'Oodi 청년창작존', 캐나다 몬트리올의 청년 융합예술 신진지원 모델 등은 모두 한 가지 공통점을 가지고 있었다. 도시의 가장 혁신적인 기획은 언제나 청년의 손에서 태어났고, 도시 정부는 그 상상이 현실이 되도록 구조를 설계했다는 점이다. 이 도시는 청년을 지원의 대상이 아니라 도시의 공동 설계자로 대했다. 그 결과, 청년들은 도시의 문화, 기술, 환경, 관광을 스스로 실험하고 혁신하며 세계가 주목하는 프로젝트를 만들었다.

한국에서도 의미 있는 시도들이 나타났다. 성북의 청년예술창작소, 부산의 청년문화크리에이티브센터, 대구의 소셜벤처 인큐베이팅, 광주의 아트랩 등은 모두 청년이 도시 변화의 주체가 될 수 있다는 신

호였다. 하지만 여전히 많은 도시에서 청년은 지원의 대상, 정책의 수혜자 혹은 행사 참가자로 머물고 있다. 정작 도시의 미래를 만들어 낼 주체는 청년인데, 행정의 틀은 그들의 속도를 따라가지 못한다.

나는 광명이 이 틀을 깨야 한다고 믿는다. 청년은 '도와줘야 하는 존재'가 아니라 '함께 도시를 쓰는 동료'여야 한다. 그들의 감각은 빠르고, 기술에 익숙하며, 예술의 언어를 새롭게 번역할 줄 알고, 도시를 가볍고 유연하게 다루는 능력이 있다. 메타버스·AI·NFT·AR·디지털 아카이빙·로컬 브랜딩·환경예술·정원기술 등은 모두 청년 세대에게 자연스러운 언어다. 광명이 문화·관광·산업의 혁신을 꿈꾼다면 청년의 기술과 감각을 정책의 중심에 놓아야 한다.

나는 해외 청년 교류 프로그램도 광명에 꼭 필요하다고 생각한다. 일본 나라시와 교환예술 레지던시를 운영해 도시와 예술을 함께 배우는 모델, 싱가포르와 공동으로 도시 디지털축제를 기획하는 경험, 핀란드 노키아 시와 함께 슬로시티·지속가능성 프로젝트를 설계하는 교류 등은 광명 청년들에게 세계의 도시 기술을 배우게 하고, 동시에 광명의 자산을 세계에 알릴 수 있는 기회다. 우럽연합의 'Erasmus+', 아시아 지역의 'ASEF 청년문화교류 프로그램', 북미 지역의 'Creative Youth Network'와 같은 글로벌 플랫폼과의 연계도 가능하다. 광명 청년들은 이미 디지털 언어에 익숙하기에 해외 청년들과의 협업 능력이 뛰어나고, 이러한 교류는 광명이 국제적인 감각을 가진 도시로 성장하는 데 결정적인 기틀이 될 것이다.

국내 청년 교류도 광명의 중요한 확장이다. 서울·부산·대구·전주·춘천 등 전국 청년커뮤니티와의 창작 교류, 전국 대학 도시 재생 스튜디오와 협력하는 프로젝트, 로컬 크리에이터 네트워크와 함께 만드는 문화 실험 등은 청년이 단지 광명 안에서만 활동하는 것이 아니라 전국을 연결하는 새로운 '청년 문화망'을 구축하게 만든다. 광명역은 이미 전국 어디든 1~2시간 안에 연결되는 도시다. 이 인프라는 청년 협력의 중심 허브가 될 수 있다. 청년들이 광명역에 내려 광명동굴에서 공연을 하고, 원예 단지에서 정원 기술을 배우고, 광명사거리 골목에서 콘텐츠를 제작하고, 밤에는 메타버스 페스티벌을 운영하는 도시—이런 풍경은 결코 공상이 아니다.

나는 광명이 이런 도시가 되기 위해서는 청년의 상상이 도시 정책에 실질적으로 반영되는 구조가 필요하다고 생각한다. 특히 다음과 같은 방식은 매우 실현 가능하다. 첫째, '광명 청년 창작레지던시' 신설.광명역 인근에 작업실·디지털 스튜디오·공동장비실을 마련해 기술·예술·미디어·환경 분야 청년들이 프로젝트를 만들 수 있도록 한다. 둘째, '광명 청년정책 실험실(Lab)' 운영.청년이 직접 도시 문제 해결 프로젝트를 기획하고, 행정은 이를 지원하는 방식이다. 셋째, '청년-해외 도시 교환 프로그램' 도입.광명 청년을 해외에 보내고, 해외 청년을 광명에 초청해 공동 프로젝트를 실행한다. 넷째, '전국 청년 네트워크 허브' 구축.광명역의 입지를 활용해 전국 청년들이 광명에서 정기적으로 만나는 창작회의·포럼·쇼케이스를 운영한다. 다섯째, '청년 디지털문화축제' 개최.메타버스·게임·AI·디지털 아트·VR 퍼포먼스 등 청년 세대가 가진 기술을 기반으로 한 문화를 광명에서 실험할 수 있도록 한다.

청년들의 상상력은 광명의 미래를 여는 열쇠다. 그들은 도시를 새로운 언어로 해석하며, 우리가 보지 못한 결을 발견하고, 기존 행정의 방식으로는 도달할 수 없는 지점을 본다. 나는 광명이 청년을 위한 도시를 넘어, 청년과 함께 쓰는 도시가 되기를 바란다. 청년이 기획하고, 청년이 실험하며, 청년이 도시의 다음 장을 열어 가는 그 풍경은 광명을 가장 생동감 있게 만들 것이다. 그리고 그 변화는 어느 날 조용히, 그러나 분명한 모습으로 찾아올 것이다. 한 청년이 만든 도시 축제가 사람들의 발걸음을 묶고, 다른 청년이 만든 디지털 지도 위에서 광명이 새롭게 빛나며, 광명의 골목과 동굴, 정원과 역이 청년의 언어로 다시 태어나는 그 순간—광명은 미래 도시가 된다.

나는 그 변화의 첫 장을 청년들과 함께 써 보고 싶다. 그들의 상상력은 도시를 움직이고, 그들의 기술은 도시를 확장시키며, 그들의 감각은 도시의 깊이를 새롭게 만든다. 광명은 그들의 도시가 되어야 한다. 아니, 광명은 이미 그렇게 변화하고 있다. 청년과 함께 쓰는 도시—그것이 바로 광명이 만들 다음 초안이며, 광명이 가져야 할 가장 용감한 미래라고 나는 믿는다.

콘텐츠 산업의 경험이 준 도시 경영의 시선

경기도 콘텐츠진흥원장을 맡았던 시절, 나는 매일같이 창작자와 기업을 만났다. 그들의 고민은 결국 한 문장으로 수렴됐다. '우리는 어떤 이야기를 만들 것인가?' 콘텐츠 산업은 최신 기술이나 자본보다 먼저, 도시가 품고 있는 이야기를 발굴하는 과정이었다. 이야기를 잃은 도시는 콘텐츠 산업의 기초를 잃는다. 이런 시선으로 광명을 바라보면, 이 도시는 의외로 놀라울 만큼 다양한 서사를 품고 있다. 산업화 시대의 흔적을 지닌 공장지대, 철산·하안의 탄탄한 공동체가 빚어낸 생활문화, 폐광에서 문화 명소로 변모한 광명동굴의 신화, 그리고 신도시가 품은 젊은 세대의 에너지까지. 이 스펙트럼은 한 도시 안에서 좀처럼 보기 어려운 다층적 스토리 구조를 이룬다. 콘텐츠 산업의 경험은 나로 하여금 이 조각들을 하나의 도시 브랜드 서사로 엮는 상상력을 자극했고, 이는 도시 경영의 중요한 프레임이 되었다.

최근 한국 정부가 추진하는 콘텐츠 산업 방향 역시 같은 맥락에서 있다. 정부는 'K-콘텐츠'를 단순 문화 상품이 아닌 국가 성장의 전략 산업으로 규정하고, IP(지식 재산) 중심 생태계 전환, 글로벌 확장, 기술융합형 콘텐츠 강화, 그리고 지역을 기반으로 한 스토리 개발을 핵심축으로 제시하고 있다. 특히 각 지역이 가진 고유한 스토리·공간·주민 자원을 IP화해 지역 경제와 연결하는 모델은, 향후 10년간 한국 콘텐츠 산업 정책의 중심이 될 것이다. 이는 광명 같은 중견 도시에 매우 유리한 흐름이다. 더 이상 콘텐츠는 서울이나 특정 대기업의 전유물이 아니다. 지역의 생활사, 지역민의 경험, 도시의 역사적 기억이 세계 시장에서 경쟁력 있는 IP가 되는 시대가 열렸기 때문이다.

   OK김경표, OK광명!

세계 콘텐츠 시장의 변화 역시 광명에게 기회다. 글로벌 시장은 지금 세 가지 방향으로 움직이고 있다. 첫째, 초개인화된 경험 콘텐츠—개인의 취향, 이동 동선, 소규모 공동체 경험까지 콘텐츠화하려는 흐름이다. 둘째, 디지털·물리 공간의 융합—메타버스, XR, AI를 기반으로 한 창작이 도시 공간과 결합해 새로운 경험을 만든다. 셋째, 로컬리티 IP의 부상—도시 고유의 역사와 장소성이 글로벌 플랫폼을 통해 세계 팬덤을 만드는 시대다. 일본의 소도시가 게임·애니메이션 IP로 세계 관객을 끌어들이고, 유럽의 산업 유산 도시들이 문화 재생 콘텐츠로 도시 경제를 회복한 사례들이 이를 증명한다. 즉, 콘텐츠 시장은 '크고 화려한 도시'가 아니라 이야기가 강한 도시에서 새 흐름이 만들어지고 있다.

이 지점에서 광명은 분명한 가능성을 가진다. 광명은 산업 도시의 유산, 노동의 기억, 공동체 문화, 신도시의 젊음, 그리고 동굴이라는 신화적 공간까지 서로 다른 시대와 서사가 공존하는 도시다. 이 자원은 단순한 관광·축제 소재가 아니라, 광명만의 세계관(world-building)을 구성하는 기초가 된다. 예컨대 광명동굴은 '폐광 재생'이라는 도시의 재탄생 서사를 상징하며, 이는 환경·기억·회복이라는 글로벌 가치와 맞닿아 있다. 철산·하안의 공동체는 일상·삶·정주의 미학을 보여 주는 생활문화 IP가 될 수 있다. 광명뉴타운 세대는 e스포츠·K-팝·디지털 창작·버추얼 콘텐츠 등의 중심 소비층이자 공동 생산자다. 이 요소들을 연결하면 광명은 '과거—현재—미래가 한 도시에 공존하는 서사 도시'라는 강력한 브랜드 DNA를 만들 수 있다.

그러나 콘텐츠 산업의 진정한 힘은 시민에게 있다. 아무리 훌륭한 스토리라도 시민이 자신의 이야기라고 느끼지 못하면, 그것은 도시의 미래가 되지 못한다. 광명은 이미 시민 참여 기반이 탄탄한 도시다. 마을학교, 청년정책, 생활문화동호회, 지역예술가 협업 등이 콘텐츠 창작 생태계의 핵심 자원이다. 시민들이 자신의 동네 이야기를 콘텐츠로 만들고, 생활 속 경험을 기록하며, 작은 기획을 실행하는 순간, 도시의 서사는 더 넓어지고 깊어진다. 앞으로 광명은 시민을 소비자가 아니라 공동 창작자(co-creator)로 대우하는 콘텐츠 생태계를 구축해야 한다. 시민이 만든 이야기가 지역 축제로, 축제가 영상으로, 영상이 IP로 확장되면 도시는 자연스레 지속 가능한 창작 도시가 된다.

또한 광명의 콘텐츠 산업 발전은 단순 창작 지원을 넘어, 산업과 교육, 관광, 도시 계획을 아우르는 통합 전략이 필요하다. 산업 도시의 유산은 산업 관광 및 교육 콘텐츠로, 광명동굴은 미디어아트·스토리텔링을 기반으로 한 체험 콘텐츠로, 공동체 문화는 로컬 페스티벌과 생활문화 IP로 확장될 수 있다. 여기에 정부의 AI·XR·웹툰·게임·K-스토리 육성 정책과 연계하면, 광명은 수도권 남서부의 콘텐츠 혁신 클러스터 도시로 도약할 수 있다. 청년과 창작자가 정착할 공간, 실험적 프로젝트를 수용할 제도, 로컬 비즈니스와 연결되는 플랫폼이 마련되면 도시의 문화 경제는 보다 탄탄해질 것이다.

결국 콘텐츠 산업 경험이 내게 준 도시 경영의 시선은 명확하다. 도시의 미래는 결국 '이야기'가 결정한다. 광명은 이미 강력한 이야기들을 품고 있으며, 그것을 어떻게 엮고, 어떻게 시민과 함께 만들고, 어떻게 세계 시장과 연결하느냐가 도시의 다음 10년을 좌우할 것이다. 광명은 '청년·시민·창작자·기술·공간'이 모두 연결되는 도시이자, 세계가 주목할 새로운 문화 도시로 성장할 잠재력을 충분히 가진 도시다. 콘텐츠 산업에서 배운 시선으로 광명을 다시 보면,

광명시는 더 이상 주변부가 아니라 세계와 연결될 준비가 된 서사 도시다.

시민이 예술가가 되는 도시

예술은 단순히 무대 위 전문가의 전유물이 아니다. 시민 한 사람, 아이 한 명, 동네 주민 한 무리가 '예술가'가 될 수 있다. 나는 이 믿음을 바탕으로, 도시인 광명시를 '시민이 예술가가 되는 도시'로 만드는 꿈을 갖고 있다. 주민동아리의 작은 연주회, 아파트 단지 커뮤니티의 주말 전시, 가족이 함께 꾸미는 생활 예술 워크숍. 이런 소소한 일상의 예술이 모여 도시의 문화 인프라를 완성한다. 그리고 그 중심에는 '예술교육'이 있어야 한다. 평생교육으로서의 예술교육, 그리고 어린 시절의 예술 체험은 단순한 여가를 넘어 도시의 문화 역량과 시민의 삶의 질을 높이는 기제다.

첫째, 예술교육은 개인의 내적 성장뿐 아니라 시민의 사회적 자산을 만든다. 예술교육은 개인의 창의력, 감수성, 비판적 사고, 공감 능력, 문화의 이해를 키운다. 이는 단지 미술·음악·연극 같은 예술 영역을 잘하는 사람이 아니라, 다양한 배경과 전공을 가진 시민이 '생각하고 느끼고 표현하는 힘'을 갖춘 사람으로 자라게 한다. 실제로 예술교육은 사회적·감정적 발달, 자아 정체성, 타인에 관한 이해와 공감, 문화적 포용성 등을 키우는 것으로 확인된다. 이는 단순한 취미나 여가를 넘어, 민주 시민으로서의 자질과 공동체에 관한 책임감, 서로 다른 문화를 존중하는 태도, 다양성을 수용하는 사회 역량을 키우는 밑바탕이 된다.

둘째, 예술교육은 평생교육의 한 축이 될 수 있다. 누구나 어릴 때만 예술을 배우는 것이 아니라, 청년이든 중장년이든, 혹은 노년이든, 예술을 접하고 경험하고 창작할 기회를 거주지 근처에서 가질 수 있다면, 생활 예술은 도시의 지속 가능한 문화 자산이 된다. 실제 여러 지역에서 '사회문화예술교육'은 학교 중심을 넘어 지역 커뮤니티, 마을, 공공기관, 민간단체가 협업하여 운영되고 있다. 무엇보다 중요한 것은 예술교육이 단발성 체험이 아니라 지속 가능한 프로그램과 주민 참여 구조 속에서 이루어지는 것이다. 이렇게 되면 예술은 특정 계층의 전유물이 아니라, 누구나 누릴 수 있는 권리가 되고, 도시 문화의 보편적 토대가 된다.

셋째, 어린이 예술교육은 도시의 미래를 위한 투자다. 학교 교육이 점점 경쟁 중심으로 흐르는 현실에서, 창의력과 감수성, 상상력, 협업과 표현의 기회는 오히려 줄어들기 쉽다. 하지만 예술교육은 단순한 여가가 아니라, 어린이의 정서 발달, 창의성, 자율성, 타인과의 소통 능력, 문제 해결 능력, 비판적 사고, 문화 이해를 기르는 교육이다. 연구에 따르면 예술 체험을 많이 한 학생은 학업 성취뿐 아니라 사회·정서 발달에서도 긍정적인 영향을 받고, 다양한 학습 스타일을 가진 학생들도 더 잘 학교생활에 참여하게 된다. 또한, 예술을 통해 어린이는 자신만의 목소리와 감성을 발견하고, 그것을 나누고 표현하는 경험을 쌓으며 자란다. 이런 경험이 쌓일 때, 그 도시는 단순한 관객을 넘어서 미래의 창작자, 향유자, 시민 문화 리더를 기르게 된다.

넷째, 생활 예술과 커뮤니티 예술은 도시 공동체와 시민성을 강화한다. 마을음악회, 커뮤니티 전시, 주민 워크숍, 거리 미술, 공공미술 등은 단지 예술 활동이 아니라, 사람들을 연결하고 공동체 정체성을 만드는 공공 행위다. 이런 공공 예술 활동은 사회적 유대감을 높이고, 주민들 간의 교류를 촉진하며, 도시를 단순한 주거 공간이 아니라

OK김경표, OK광명!

'살고 싶은 도시'로 만든다. 실제로 커뮤니티 예술 프로그램은 주민의 참여, 공동체 의식, 자긍심, 공동체 책임감, 사회적 응집을 높이는 것으로 보고된다. 마을음악회에 참여했던 주민들이 '내가 이 도시의 일부'라는 정체성을 느끼고, 삶의 만족도와 소속감을 얻는다는 연구 결과도 있다.

마지막으로, 이런 예술교육과 생활 예술의 활성화는 단순한 문화 체험을 넘어, 도시의 문화 역량, 국제 경쟁력, 문화 강국으로 나아가는 토대가 된다. 현대 사회에서 문화는 단순한 여가가 아니라 경제이자 도시의 경쟁력이다. 예술교육을 통해 창의성과 문화 감수성을 가진 시민이 많아지면, 그 도시는 더 풍부하고 다양한 창작과 소비, 문화적 실험이 가능한 생태계를 가진다. 이는 더 나아가 지역 경제 활성화, 문화 산업의 성장, 도시 브랜드화, 관광과 도시 재생, 지역 정체성 강화 등으로 연결될 수 있다. 즉, 예술교육과 생활 예술은 도시를 단단하게 만드는 사회적 자본이며, 문화 강국으로 가기 위한 토대다.

광명에서 가능한 제안으로 시민 예술교육과 생활 예술 활성화 전략을 이야기할 수 있다
위에서 본 예술교육과 생활 예술의 장점과 사회적 가치를 바탕으로, 광명에서 실천할 수 있는 구체적인 전략을 다음과 같이 제안한다.

■ 지역을 기반으로 한 예술교육 플랫폼 구축
- 학교 중심 예술교육만이 아니라, 아파트 단지, 주민센터, 공공도서관, 커뮤

니티 공간 등에서 누구나 참여 가능한 예술교육 프로그램을 운영.

- 어린이·청소년 대상 예술교실, 성인 대상 생활 예술 워크숍, 노년층 대상 문화 예술 클래스 등으로 세대별 평생교육 체계를 마련.
- 예술가, 지역 활동가, 시민이 함께 기획하고 운영하는 협업 구조를 설계 — 민관 협력 또는 커뮤니티를 기반으로 한 비영리 조직 연계.

• 생활 예술과 커뮤니티 예술의 활성화

- 주민동아리, 마을음악회, 커뮤니티 전시, 거리 미술, 공공미술 등 주민 주도형 예술 활동을 정기적으로 지원.
- 예술 활동은 단기 행사가 아니라 정기적이고 지속 가능한 커뮤니티 문화로 자리 잡도록—예: 분기별 마을 예술 축제, 아파트 단지 문화의 날, 거리 미술 프로젝트 등.
- 공공 공간을 활용한 예술 프로그램 확대: 광명동굴, 공공광장, 주민 공간, 커뮤니티 센터 등.

• 문화 리터러시와 시민 창작 역량 강화

- 예술교육을 통해 시민이 '예술을 소비하는 사람'이 아니라 '예술을 만들어 내고, 공유하고, 기획할 수 있는 사람'으로 성장할 수 있게 지원.
- 어린이 및 청소년은 물론 성인, 노년층까지 예술적 표현과 창작의 기회를 보장.
- 주민들이 직접 기획·운영·전시·공연에 참여할 수 있도록 지원 — 이를 통해 도시의 문화 생태계가 시민을 기반으로 하여 튼튼해짐.

■ 도시 브랜드와 문화경제로의 연결

- 광명만의 정체성과 이야기를 담은 생활 예술 콘텐츠, 주민 창작 콘텐츠, 커뮤니티 아트워크를 발굴하고 기록.
- 이런 콘텐츠를 도시 브랜딩, 관광, 지역 축제, 문화 상품으로 연결 — 단발성 행사가 아니라 지속 가능한 문화 경제 생태계로 구축.
- 지방 정부, 시민 단체, 지역 예술가, 주민이 함께 참여하는 거버넌스를 구축해 '문화도시 광명'의 토대를 마련.

오늘날 사회는 빠르게 변화하고 있다. 디지털 기술, 도시화, 인구 구조 변화, 삶의 방식의 다변화 속에서, 단순한 소비 중심의 문화보다 참여 중심, 생산 중심, 공유 중심의 문화가 중요해지고 있다. 이런 변화 속에서 예술교육과 시민 참여형 생활 예술은 다음과 같은 이유로 더욱 가치 있다.

사회적 연결과 공동체 복원: 삶이 점점 익명화되고 개인화되면서, 인간관계와 공동체가 약해지는 경향이 있다. 하지만 예술은 사람을 연결하고, 서로를 이해하게 하고, 함께 무언가를 만든다는 경험을 가능하게 한다. 이는 도시 공동체의 복원과 강화로 이어진다.

정체성, 자긍심, 도시 애착 형성: 자신이 사는 도시, 동네, 단지에 관해 '내가 만들고 가꾸는 공간'이라는 자각이 생기면, 그 도시에 애착과 책임감도 높아진다. 예술 참여는 바로 그런 자각을 만드는 방법이다.

창의성과 문화 역량 확보: 국가와 도시가 단순한 산업·경제력만으로 미래를 논하던 시대는 저물고 있다. 문화와 창의성, 감수성과 다양성, 협업과 커뮤니케이션 역량이 핵심 역량이 되는 시대다. 예술교육과 생활 예술은 이런 역량을 시민사회 전체에 퍼뜨리는 강력한 수단이다.

포용과 다양성, 사회통합: 예술은 세대, 계층, 출신, 배경을 넘어 누구나 참여할 수 있는 영역이다. 예술교육과 커뮤니티 아트가 활성화되면, 사회적 약자, 이주민, 노년층, 장애인 등도 함께 문화에 참여하고 목소리를 낼 수 있게 된다. 이는 문화 강국으로 가는 데 필수적인 포용성과 다양성의 기반이다.

이제는 단순한 문화 향유의 수준을 넘어서, 시민이 주체가 되는 문화, 누구나 예술가가 될 수 있는 도시, 모두에게 열린 문화 교육과 생활 예술 기틀을 만드는 것이 중요하다. 광명은 충분히 그 가능성을 갖춘 도시다.

예술은 결코 전문가만의 전유물이 아니다. 시민 한 사람, 아이 한명, 주민동아리 하나가 예술가가 될 수 있다. 그리고 그 '예술가 시민'들이 모이고 서로 연결될 때, 도시는 단단해지고 문화는 일상이 된다.

광명은 주민 커뮤니티, 공동주택 단지, 공공 공간, 생활 인프라 등에서 '예술교육 + 생활 예술 + 시민 참여'를 통해 문화 도시의 기틀을 쌓을 수 있는 좋은 여건을 갖고 있다. 만약 우리가 이 기회를 놓치지 않고, 예술교육을 체계화하고, 주민 주도 예술 활동을 지원하며, 문화

     OK김경표, OK광명!

참여를 시민의 권리이자 책임으로 여긴다면 — 광명은 단순히 사는 도시가 아니라, '시민이 예술가가 되는 도시', '모두의 삶이 예술이 되는 도시', '문화 강국의 토대가 되는 도시'로 거듭날 수 있다.

　나는 이 비전이 단순한 이상이 아니라, 실천 가능한 도시 경영 전략이며, 동시에 시민 삶의 질과 공동체의 미래를 바꾸는 길이라고 믿는다.

아이들이 웃을 때 도시가 자란다

아이들이 웃을 때 도시가 자란다. 아이의 웃음소리는 한 가정의 행복을 넘어, 이 도시가 앞으로도 계속 숨 쉬고 성장할 수 있다는 신호다. 그래서 나는 광명이 단지 아이를 '많이 낳게 하는 도시'가 아니라, 아이가 태어나서 자라고, 배움과 놀이를 누리고, 부모가 안심하고 일하고 살아갈 수 있는 도시, 곧 아이를 중심에 두고 정책과 예산, 공간을 다시 설계하는 도시가 되기를 바란다. 아이들이 행복하게 자라는 환경을 만드는 일은 교육·보육·주거·일자리·교통·공원·문화까지 도시 전 영역을 다시 보는 작업이며, 그 가운데에서도 교육과 돌봄, 육아 지원을 향한 시의 책임이 핵심축이 된다.

광명은 이미 여러 노력을 기울여 왔다. 광명시 육아종합지원센터를 중심으로 어린이집과 부모 교육을 지원하고, 보육 관련 정보를 제공하며, 맞춤형 프로그램을 운영해 온 것은 그러한 시도 중 하나다. 시는 다자녀 가정을 위한 각종 우대 사업, 아빠 육아 휴직 장려금, 영

OK김경표, OK광명!

유아 돌봄 확충 등 '아이 낳고 키우기 좋은 도시 만들기'를 목표로 한 조례를 제정하고, 시장이 저출생 정책을 적극 발굴·추진해야 한다는 책무도 명시했다. 임신·출산·양육에 관한 지원, 일·가정 양립 환경 조성, 청년층 인구 유입과 정착 유도 등을 공모 주제로 삼아 시민과 함께 아이 정책을 고민하는 자리도 마련해 왔다. 그럼에도 통계는 냉정하다. 광명의 합계 출산율은 0.82명 수준까지 떨어졌고, 출생아 수는 줄어드는 추세다. 이는 광명만의 문제가 아니라 한국 사회 전체의 구조적 위기이지만, 동시에 '지금까지의 방식만으로는 부족하다'는 사실을 분명히 보여 준다. 단발성 출산장려금, 상징적인 지원금만으로는 삶의 조건과 양육 환경, 성평등한 노동 구조가 함께 바뀌지 않는 이상, 부모의 마음을 움직이기 어렵다는 분석이 반복해서 제기된다.

아이들이 웃을 수 있는 도시를 만들기 위해서는, 무엇보다 교육과 돌봄의 관점을 바꾸어야 한다. 어린 시절의 교육은 점수와 경쟁을 위한 공부가 아니라, 세계를 만나고 사람을 배우고 자신을 발견하는 과정이다. 유치원과 초등학교만으로는 부족하다. 동네 도서관과 마을배움터, 어린이·청소년 문화 공간, 체험형 박물관과 과학관, 지역 예술교육 프로그램이 이어지는 '생활 속 학교'가 필요하다. 방과 후나 방학 기간에는 돌봄 공백 없이 아이들이 안전하게 머물며 놀이·체육·예술·독서·프로젝트 활동을 할 수 있는 지역을 기반으로 한 돌봄 인프라가 갖춰져야 한다. 아동 한 명 한 명이 도시의 주인이라는 인식이 정책과 예산, 공간 배치에 스며들어야 한다. 지금 광명도 영유아 돌봄과 청년·여성 지원, 노년층 복지를 아우르는 생애주기별 맞춤형 복지 인프라를 강화하며, '정주하고 싶은 가족친화도시'를 비전으로 내세우고 있다. 그러나 여전히 부모의 체감은 '아직도 교육과 돌봄의 부담이 크다'는 데 모여 있다면, 그 간극을 솔직히 직시해야 한다.

이때 국내 다른 지자체의 우수 사례는 광명에게 좋은 거울이 된다. 행정안전부가 정리한 저출생 대응 우수 사례들을 보면, 단순 금전 지원이 아니라 '시간과 돌봄, 공동체'를 함께 지원하는 사례들이 눈에 띈다. 예를 들어 전남 광양시는 방학 동안 맞벌이 가정을 위해 아이키움센터 이용 아동에게 '광양할머니 밥상'이라는 중식 제공 프로그램을 운영하며, 안전한 끼니와 돌봄을 동시에 해결하는 모델을 만들었다. 일부 지자체는 소상공인·1인 자영업 여성이 출산할 때 대체 인력 인건비를 일정 기간 지원해 '아이를 낳으면 가게를 닫아야 한다'는 현

　　　　　　　　　　　　　　　　　　　OK김경표, OK광명!

실적 두려움을 줄여 주고, 출산과 생계유지 사이의 양자택일을 완화하려는 시도를 하고 있다. 이런 사례들이 주는 메시지는 분명하다. 출산과 양육 지원은 '얼마를 주느냐'보다 '부모의 시간과 삶을 어떻게 받쳐 주느냐'의 문제이며, 특히 자영업자·비정규직·플랫폼 노동자 등 제도 밖에 놓이기 쉬운 부모를 세심하게 품을 때 진짜 효과가 난다는 점이다. 광명도 이미 가족 친화 도시를 지향하고 있지만, 이런 국내 우수 사례를 참고해 방학 돌봄, 급식·놀이·프로젝트 학습을 결합한 지역거점 센터, 자영업자와 프리랜서를 위한 맞춤형 돌봄·대체 인력 지원 등으로 정책을 한 단계 확장할 수 있을 것이다.

시야를 해외로 넓혀 보면, 아이를 중심에 둔 도시 전략은 이미 세계 여러 도시에서 실험되고 있다. 유니세프가 추진하는 '아동 친화 도시(Child Friendly Cities)' 이니셔티브는 지방 정부가 아동의 권리를 기준으로 도시 정책 전반을 재점검하고, 교통·안전·놀 권리·참여·주거·환경 등을 통합적으로 설계하도록 돕는 글로벌 네트워크다. 전 세계 40여 개국, 3,400개 이상의 도시와 지역이 여기에 참여하고 있으며, 지자체·시민사회·민간·아동이 함께 도시의 변화를 만들어 간다. 영국 카디프는 2023년 유니세프가 인정한 영국 최초의 아동 친화 도시가 되었는데, 그 과정에서 주거지 일부 도로를 정기적으로 차량 통행을 막고 아이들이 거리에서 자유롭게 놀 수 있도록 하는 '플레이 스트리트' 정책을 시행했다. 이처럼 도로와 광장을 아이들의 놀이터로 되돌려 주는 시도, 통학로를 안전하게 만드는 '스쿨 스트리트', 자전거 인프라를 정비해 아이들이 스스로 이동할 수 있는 도시를 만드는 노력은, 아이의 웃음과 자율성이 도시 계획의 핵심 기준이 될 수 있음을 잘 보여 준다. 최근 유럽에서는 파리가 180km의 자전거 도로와 학교 주변 교통 calming 정책을 통해 '아이에게 친화적인 자전거 도시' 상위권에 오르며, 이동과 환경, 건강, 안전을 동시에 추구하는 모습도 보여 준다. 광명 역시 향후 재개발·재건축과 도시 재생 과정에서 차 없는 거리, 아이가 우선인 보행·자전거 네트워크, 놀이터와 공원을 촘촘히 잇는 도시 디자인을 도입한다면, 물리적 환경만으로도 '아이를 키우기 편한 도시'라는 신뢰를 줄 수 있을 것이다.

국가 차원의 가족 정책도 시사점이 크다. 스웨덴은 1970년대부터 성평등한 부모 역할을 전제로 한 가족 정책을 펼치며, 부모가 함께 일하고 함께 돌볼 수 있는 구조를 만들었다. 부모는 자녀 1인당 480일의 유급 육아 휴직을 나누어 사용할 수 있고, 최근 자료에 따르면 남성이 사용하는 육아 휴직 비율도 꾸준히 상승하며, 이른바 '라떼 대디' 현상이 일상적 풍경이 되었다. 남성과 여성 모두 노동 시장에 계속 참여하면서도 아이를 돌볼 수 있는 제도가, 비교적 높은 여성 고용률과 낮지 않은 출산율을 동시에 유지하는 배경이라는 분석이 많다. 프랑스 역시 보편적인 아동수당, 저렴하고 접근 가능한 공보육, 취학 전까지 이어지는 보육·교육 연계 시스템 등 일관된 가족 정책 패키지로, 서유럽 국가들 가운데 상대적으로 높은 출산율을 유지해 왔다. 여러 연구는 출산 직후 1년을 넘어서 유아기 전체에 걸쳐 이어지는 현금 지원과 3세 미만 아동을 위한 공적 보육 서비스가 부모의 출산 결정에 큰 영향을 미친다고 말한다. 이 해외 사례들이 우리에게 주는

　　　　　　　　　　　　　　　　　OK김경표, OK광명!

교훈은 명확하다. 출산율을 높이고자 한다면, 단편적인 일시금 지급이 아니라, 양육 초기 수년간 부모의 삶과 시간을 책임지는 정책 패키지, 그리고 성별에 관계없이 돌봄에 함께 참여하도록 유도하는 성평등 정책이 함께 가야 한다는 것이다.

광명은 이미 저출생 대응 우수시책으로 경기도 경진대회에서 상을 받는 등 가족 친화 도시의 방향을 모색하고 있다. 이제 다음 단계는 국내외 우수 사례에서 공통으로 드러난 원칙들을 자기 언어로 번역하는 일이다. 아이가 어디에서 태어나는지에 따라 삶의 기회가 달라지지 않도록, 공공 어린이집과 돌봄 시설, 방과 후 프로그램을 특정 동이나 아파트에 치우치지 않고 고르게 배치하는 것, 부모의 일하는 시간과 아이의 돌봄 시간이 충돌하지 않도록 야간·탄력 돌봄을 확충하는 것, 자영업자와 비정규직, 플랫폼 노동자에게도 육아 휴직과 비슷한 보호 장치를 제공하는 것, 그리고 무엇보다 아빠의 돌봄 참여를 당연하게 만드는 문화와 제도를 만들어 가는 것이 필요하다. 나아가 유니세프 아동 친화 도시처럼, 도시 계획과 교통·주거·환경 정책을 수립할 때마다 '이 정책이 아이에게 어떤 영향을 줄 것인가'를 먼저 묻는 관점이 제도화된다면, 광명은 단지 출산율을 높이기 위한 도시가 아니라, 아이들이 안전하고 자유롭게 웃고 자랄 수 있는 도시, 그래서 부모와 아이가 자연스럽게 이곳에 머무르고 싶어지는 도시가 될 수 있을 것이다. 결국, 아이들이 웃을 때 도시가 자란다는 말은 감성적인 수사가 아니다. 아이들의 웃음은 도시가 자신의 미래를 어떻게 대하는지에 가장 솔직한 지표다. 우리가 아이들 교육과 육아 지원, 어린이

집과 돌봄 정책, 공간과 교통과 공원을 설계하는 방식이 곧 이 도시의 10년, 20년 뒤를 결정한다. 한국 사회 전체가 저출산이라는 거대한 파도 앞에 서 있는 지금, 광명이 '아이들이 웃는 도시'를 진심으로 선택한다면, 이곳은 단순한 베드타운이 아니라, 아이와 부모, 청년과 노년 모두가 함께 자라는 살아 있는 도시가 될 것이다. 언젠가 지금 뛰어놀던 아이들이 어른이 되어 광명의 어딘가에서 다시 아이를 키울지 결정하는 그 순간, 그들이 이 도시를 떠올리며 미소 지을 수 있다면, 그때 비로소 우리는 '아이들이 웃을 때 도시가 자란다'는 말을 증명하게 될 것이다.

OK김경표, OK광명!

예술을 통해 치유되는 도시

도시가 갈등으로 흔들리고, 공동체가 느슨해지고, 사람들의 마음
이 서로 닿지 않을 때, 예술은 그 틈을 메우는 힘을 가진다. 공연 한
편을 함께 보는 경험, 전시 앞에서 조용히 마음을 맞대는 순간, 함께
노래를 부르고 함께 걷고 함께 토론하는 문화적 경험은 도시의 균열
을 천천히 봉합한다. 그래서 나는 광명이 앞으로 나아갈 방향을 이야
기할 때, 예술과 문화를 단지 '여가'나 '부가 가치'가 아니라, 도시의 회
복 탄력성의 중심에 놓아야 한다고 말하고 싶다. 예술은 치유이며, 공
감이며, 도시의 숨결을 되돌리는 과정이다.

그러나 예술의 힘이 실제 도시 곳곳에 스며들기 위해서는, 도시가
품고 있는 문화 공간과 기반 시설을 면밀히 들여다봐야 한다. 광명은
인구와 도시 규모보다 문화 시설이 적지 않지만, 그 분포는 불균형하
고, 시설의 노후도와 기능의 제약, 지역별 문화 접근 격차가 분명한 도
시이다. 광명시민회관은 오랜 세월 시민의 추억이 깃든 공연장이지만

대형 공연이나 디지털을 기반으로 한 공연을 유치하기 어렵고, 업사이클아트센터는 개성 있는 시설이지만, 시민의 일상적 이용률은 기대만큼 높지 않다. 광명도서관·철산도서관·하안도서관은 분포하지만, 광명뉴타운·소하·일직 등 신흥 주거지보다 상대적으로 문화 접근성이 떨어지는 지대가 존재한다. 일부 도서관과 문화센터는 프로그램의 다양성보다 전시·공연·창작 기능이 제한적이며, 시민이 주체적으로 활용하기에는 '대관 중심'이나 '행정 중심 운영'으로 고착된 측면도 있다. 이는 광명이 본래 '베드타운 중심의 주거 도시'로 설계되었기 때문이며, 초기 개발 과정에서 문화·예술 인프라가 도시 구조의 중심에 놓이지 못한 역사적 배경이 있다.

문화 시설의 단순 확충이나 보수만으로는 문제를 해결할 수 없다. 광명이 예술을 통해 치유되는 도시가 되려면, 문화 공간의 성격을 시민이 접근하고, 머물고, 창작하고, 함께 할 수 있는 열린 커뮤니티 공간으로 재정의해야 한다. 공연장은 관객이 앉는 객석만이 아니라, 시민 동아리·마을 공연·청년 창작자의 실험 무대가 되어야 한다. 도서관은 조용한 독서실을 넘어 시민회의실·창작 스튜디오·책 기반 토론 커뮤니티·심야 문화 라운지로 확장될 수 있다. 전시장은, 지역 예술가와 생활 예술가의 작품을 자연스럽게 담아내는 플랫폼이 되어야 한다.

이 과정에서 가장 중요한 것은 '공간의 민주화'다. 문화 공간을 공공이 독점하지 않고, 시민과 예술가, 주민 단체가 함께 운영하는 모델이 필요하다. 도서관과 문화센터는 대관 절차를 완화하고, 지역 주민이 공동 운영자로 참여하는 커뮤니티 매니지먼트 체계를 적용할 수 있다. 문화 공간은 '이용할 수 있으면 좋다'가 아니라 '누구나 이용할 수 있어야 한다'는 원칙 아래 설계되어야 한다.

정책도 사람 중심이어야 한다. 문화 예산은 단기 행사가 아니라 시민의 지속적 문화 경험을 지원하는 방향으로 재구성되어야 한다. 문화 시설 운영 시간은 시민의 생활 패턴에 맞게 확장되어야 하고, 특히 야간과 주말 운영 강화는 반드시 필요하다. 마을 단위의 아트 프로젝트, 시민 큐레이터 제도, 생활 예술 동아리 정기 발표 공간 제공, 세대 간 공동 창작 프로그램 등을 활성화하면 시민이 소비자가 아니라 '도시의 문화 생산 주체'로 서게 된다.

이 모든 변화의 핵심은 '재원'이다. 공공 예산만으로 도시의 문화 생태계를 완성할 수 없다. 이때 중요한 것이 바로 기업 메세나와 민관 협력(PPP) 모델이다. 광명은 수도권 서남부권 산업·상업 기업과 가까워 협력 가능성이 높다.

■ 기업 메세나 구체적 모델

첫째, 기업이 예술단체와 파트너십을 맺고 정기 후원하는 기업−예술단체 연간 매칭 모델이다. SK의 '아트리움 후원', LG·현대차의 예술재단 운영처럼, 광명 기업들도 특정 극단·예술교육단체·청년예술팀에 연간 예산을 배정할 수 있다. 이는 경영에 직접 부담을 주지 않으면서도 기업의 ESG 가치와 지역 사회 기여도를 동시에 높인다.

둘째, 기업 소유 유휴 공간을 문화 공간으로 전환하는 공유 문화 공간 모델이다. 공장 지하, 사옥 로비, 빌딩 내 공실 등을 시민에게 개방하는 방식이다. 베를린은 이러한 방식으로 도시 곳곳에 예술 창작 공간을 늘렸다. 광명도 KTX역세권, 광명스피돔 주변, 하안·철산 상권 내 유휴 공간을 기업과 함께 예술 공간으로 전환할 가능성이 충분하다.

셋째, 기업이 예술 프로젝트에 투자하고 시민 자발적 후원이 결합되는 시민·기업 매칭 그랜트 모델이다. 시민이 1만 원을 내면 기업이 1만 원을 매칭해 프로젝트가 두 배 규모로 성장하는 방식이다. 국내 여러 지역에서 이 방식이 성공적으로 정착되었고, 예술가와 시민, 기업의 신뢰를 높이는 혁신적 메세나 모델로 평가받고 있다.

    OK김경표, OK광명!

■ 광명 지역 기업 및 주변 권역과의 협력 가능성

광명은 서울 구로 G밸리, 안양 스마트밸리, 광명역세권 기업군 등 연계 산업 권역에 가까운 장점을 가진다.

- 광명역세권 IT·물류 기업 → 디지털 예술·미디어아트 후원
- 자동차·기계·제조업체 → 업사이클아트센터 연계 교육 프로그램
- 광명전통시장·상권 기업 → 지역 축제·거리 예술 프로그램 협찬
- KTX역을 기반으로 한 기업 → 광명역 공연·전시 위한 '철도문화 메세나' 가능

이처럼 산업 특성과 예술 콘텐츠를 연결하면, 단순 후원이 아니라 기업의 브랜드 가치와 지역 사회 문화 발전에 동시에 기여하는 상생 구조가 만들어진다.

■ PPP 방식의 문화 공간 조성

PPP(Public-Private Partnership)는 공공-기업-시민이 협력하는 문화 공간 조성 방식이다. 광명에 적합한 PPP 모델은 다음과 같다.

- 공공이 공간 제공, 기업이 시설 투자, 시민 단체가 운영
- 재개발·재건축 임시 공간을 예술 창작 공간으로 활용 후, 일정 구역을 문화 공간으로 환원
- 기업이 후원한 문화 공간을 시민에게 무료 또는 저비용 개방
- 공공과 기업이 공동 소유하는 '공유형 문화창작센터' 설립

이 구조는 베를린과 바르셀로나가 도시 재생 과정에서 활용하며
큰 효과를 본 방식이다.

■ 시민 이용 활성화 – '모두에게 열린 문화 도시'

광명은 문화 시설의 물리적 확장 못지않게 시민의 사용성을 높여
야 한다.

① 시민 문화패스 도입

전 연령 시민이 공연·전시·도서관·예술교육 프로그램을 월 일정 금
액으로 무제한 이용하는 제도이다. 프랑스·룩셈부르크 등 유럽의 문
화패스가 대표적이다. 광명 시민문화패스는, 공연 1회, 전시 1회, 도서
관 심야 이용권, 예술교육 프로그램 1회 등을 월정액으로 통합해 접
근성을 획기적으로 높일 수 있다.

② 유휴 공간을 24시간 커뮤니티 예술 공간으로

학교·공공청사·도서관의 유휴 교실, 상가 공실, 아파트 커뮤니티룸
등을 야간 스터디오, 미디어창작실, 소규모 공연장, 동아리 아트룸 으
로 전환한다. 도쿄·부쿠레슈티·멜버른은 이런 형태로 도시 문화 공간
을 폭발적으로 늘렸다.

③ 동별 '생활 예술 거점 센터' 구축

각 동마다 최소 1개 시설을 악기 연습실, 창작 공방, 동아리 전시
실, 주민 공연장으로 운영한다. 운영은 행정이 아니라 주민 공동운영

 OK김경표, OK광명!

조직(Community Manager Group)이 맡는 방식이 효과적이다.

예술은 도시의 상처를 감싸고, 시민의 마음을 잇고, 지역의 정체성을 회복한다. 문화 공간은 단지 건물이 아니라, 사람들이 모이고 서로를 이해하게 만드는 '공감의 장'이다. 광명은 지금 이 문화 전환의 시작점에 서 있다. 균형 잡힌 문화 시설 배치, 열린 공간 운영, 생활 예술 중심의 정책, 기업 메세나 모델, 그리고 시민의 참여가 결합된다면, 광명은 예술로 치유되고, 예술로 성장하며, 예술로 더 단단해지는 도시가 될 것이다.

도시는 결국 사람이 만든다. 그러나 사람의 마음을 움직이는 것은 언제나 예술이다. 광명이 그 길을 선택할 때, 이 도시는 단순히 살기 좋은 곳을 넘어 서로를 이해하며 함께 치유되는 도시, 그리고 예술이 시민의 일상 속에서 숨 쉬는 진짜 문화 도시로 거듭날 것이다.

환경과 문화가 만나면 도시가 숨을 쉰다

　도시를 구성하는 것은 건물의 높이도 아니고 도로의 길이도 아니다. 도시를 숨 쉬게 만드는 것은 결국 녹지와 공원, 하천과 숲, 바람이 통과할 수 있는 틈과 자연이 머무는 공간들이다. 광명 또한 마찬가지다. 겉으로 보기에는 충분히 녹지가 있는 듯 보이지만, 도시의 일

　　　　　　　　　　　　　　　　　　　OK김경표, OK광명!

상 속에서 자연이 주는 여백을 온전히 느끼는 경험은 생각보다 많지 않다. 도시가 급하게 성장한 만큼 공원과 숲이 제자리를 찾는 데에는 시간이 더 걸렸고, 개발과 보존 사이에서 아슬하게 균형을 잡으며 여기까지 왔다. 그러나 자연은 도시의 변두리에 남겨 두기엔 너무 중요한 존재이고, 문화와 만날 때 그 가치는 배가된다. 나는 광명이 이제는 '녹지의 면적'이 아니라 '녹지의 숨결'과 '녹지의 문화'를 논해야 하는 시점에 도달했다고 생각한다.

광명에는 여러 공원과 하천이 있다. 산책하기에 충분한 길은 있지만, 그 길에 문화가 흐르고 있는지에 관해서는 질문을 던지게 된다. 일부 공원은 지나치게 기능 중심으로 재단되어 어린이 놀이터 몇 군데, 운동기구, 벤치 몇 개가 전부인 경우가 많다. 도시가 바쁘게 확장되는 동안 공원들은 '장소'가 되지 못하고 '시설'로 남아버린 것이다. 자연은 살아 움직이는 존재인데, 우리의 공원은 너무 규격화되어, 나무와 바람이 머물 공간을 좁혀버렸다. 시민의 산책은 가능하지만, 머무르고 싶은 풍경은 부족하다. 산책로가 있어도 시간이 쌓이는 기억의 장소가 되기 어렵다. 나무가 있지만, 그늘 아래 머무를 서사가 없다. 자연은 살아 있지만, 자연이 주는 문화적·정서적 경험은 얇게 흩어져 있다.

다른 도시들을 떠올리면 광명의 고민이 더 선명해진다. 어떤 도시들은 작은 하천 하나를 예술과 결합하여 도시를 대표하는 문화 공간으로 바꾸어 놓는다. 어떤 도시들은 숲을 단순히 보호하는 데서 그치지 않고 시민의 문화·교육 공간으로 승화시키며, 자연의 울림과 도시의 감성을 연결한다. 이런 도시들은 자연을 '남는 땅'으로 보지 않고, 가장 중요한 기반 시설로 바라본다. 반면 광명은, 오랫동안 주거의 확장과 교통 인프라에 초점이 맞춰져서, 자연은 도시 설계의 중심에 오래 머물지 못했다. 공원이 늘어났다고는 하지만, 시민들이 체감하는 자연의 밀도는 여전히 충분하지 않고, 특히 새롭게 형성된 주거지일수록 자연 공간의 부족을 뚜렷하게 경험하고 있다. 녹지 면적의 절대량보다 더 중요한 것은 시민들이 자연을 '내 일상 속의 공간'으로 느끼는가 하는 문제인데, 광명은 이 부분에서 더 많은 노력을 기울여야 한다.

하지만 광명은 분명 가능성을 품고 있다. 도시 곳곳에 하천과 녹지가 끊어진 듯 이어지고 있고, 근린공원은 제각기 잠재된 이야기를 품고 있으며, 도시 외곽의 산과 숲은 광명의 자연적 자산으로서 여전히 살아 있다. 문제는 이 자원들이 '환경'의 이름으로만 존재할 뿐, '문화'와 제대로 만난 적이 거의 없다는 점이다. 자연은 그 자체로 충분히 아름답지만, 자연이 문화와 만나 도시에 서사를 부여할 때 비로소 도시의 치유력은 극대화된다. 우리가 바라는 것은 단순히 공원을 늘리는 것이 아니라, 공원에서 문화가 자라고 공동체가 대화하고 예술이 숨 쉬는 도시다.

나는 광명의 녹지와 문화가 만난다면 도시의 분위기와 시민의 감수성이 놀라울 정도로 바뀔 수 있다고 믿는다. 자연 속에서 열리는

　　　　　　　　　　　　　　　　　OK김경표, OK광명!

작은 음악회는 시민의 삶에 다른 어떤 정책보다 빠르게 휴식을 가져다준다. 숲속에서의 독서 프로그램은 아이들의 정서 발달에 커다란 효과를 낳는다. 계절마다 달라지는 정원 예술축제는 도시의 계절감을 되살리고, 시민의 발걸음을 다시 자연 속으로 이끈다. 공원과 숲에서 열리는 야외 전시와 조형 예술 프로그램은 시민의 시선을 멈추게 하고, 도시가 가진 문화적 깊이를 조용히 확장한다. 이런 프로그램들은 거창하지 않지만, 도시는 바로 이런 작은 문화 체험들이 쌓여 정체성을 이룬다.

이제 광명은 기존 공간에서 콘텐츠를 어떻게 심고 확장할지를 고민해야 한다. 자연을 '보호'만 하는 시대는 지났다. 자연은 시민의 감성을 깨우는 문화적 장이 되어야 한다. 하천 옆 산책로에는 이야기 산책길을 만들고, 계절마다 테마를 바꾸며 시민이 다시 찾고 싶은 길로 발전시킬 수 있다. 산책로 옆 작은 잔디 공간은 야외 북카페, 테이블 전시 공간, 커뮤니티 토론 장소로도 활용될 수 있다. 숲은 체험 교실이 되고, 숲 해설사와 예술가의 협업을 통해 자연·문학·예술이 결합된 체험 프로그램을 운영할 수도 있다. 공원은 단지 벤치와 운동기구의 장소가 아니라, 팝업 창작마켓, 아트 피크닉, 가족 공연장, 계절 테마 축제가 이어지는 '일상 속 문화 광장'으로 변할 수 있다.

나는 광명에 '숲속 도서관'이 생긴다면 그것은 단순한 도서관의 확장이 아니라 도시의 정체성을 바꾸는 사건이라고 생각한다. 책은 도시에 깊이를 더하고, 숲은 도시에 생명을 더한다. 그 둘이 만날 때 생기는 경험은 단순한 독서를 넘어 도시민의 정신적 토대를 강화한다. '자연 속 음악회'는 예산이 많이 들지 않아도 시민의 감정선을 바꾸는 힘을 가진다. 하천 옆에 작은 무대를 설치하고, 주말마다 클래식·재즈·포크 공연이 열린다면, 그 하천은 단순한 물길이 아니라 '도시의 감정을 나누는 장소'가 된다. 또 '정원 예술축제'는 자연·조경·예술이 결합된 도심 속 새로운 문화 콘텐츠가 될 수 있다. 자연을 손상하지 않는 범위 내에서 꽃과 나무, 조형물과 빛이 조화를 이루는 축제는 광명을 계절 도시로 만들 수 있다.

그러나 가장 중요한 것은 '도시의 관점'이다. 자연과 문화가 만나는 도시가 되려면 도시 계획 자체가 바뀌어야 한다. 공원과 녹지를 소극적 보존 시설이 아니라 도시의 중심축으로 바라보는 계획이 필요하다. 개발이 있을 때마다 공원과 녹지가 밀려나는 구조가 아니라, 공원과 녹지 주위로 개발이 이루어지는 구조로 전환해야 한다. 녹지는 도시의 마지막 남은 여백이 아니라, 도시의 첫 번째 층위이며 기반이다. 도시의 중심을 자연이 차지할 때, 시민들은 자연 속에서 문화를 누리고, 도시는 숨을 쉬기 시작한다.

광명이 앞으로 가야 할 길은 단순하다. 자연을 지키고, 문화를 더하고, 시민을 참여시키며, 도시를 치유하는 일이다. 자연은 도시의 폐가 아니라 심장이고, 문화는 도시의 언어이며, 시민은 도시의 감정이다. 하천과 숲, 공원과 녹지 위에 문화가 흐를 때, 도시의 마음은 다시 뛰기 시작한다. 그리고 그 변화를 가장 먼저 느끼는 사람은 바로 그

　　　　　　　　　　　　　　　　　　　　OK김경표, OK광명!

도시를 사는 시민이다. 아이들이 자연 속에서 뛰놀고, 어른들이 숲에서 음악을 들으며 쉬고, 노년층이 산책길에서 책을 읽고 서로 대화할 수 있다면 — 광명은 단지 살기 좋은 도시가 아니라 '살아 있는 도시'가 된다.

환경과 문화가 만나는 곳에서 도시의 삶은 비로소 시작된다. 광명이 이 길을 선택한다면, 이 도시는 앞으로 누구보다 깊고 넉넉하게 숨 쉬는 도시가 될 것이다. 자연이 도시를 품고, 문화가 사람을 품고, 시민이 서로를 품는 도시. 그 도시가 광명의 미래가 되기를 나는 진심으로 소망한다.

골목의 가치를 통해 보는
광명시 도시재생 전략

도시를 구성하는 것은 건물의 높이도 아니고 도로의 길이도 아니다. 도시를 숨 쉬게 만드는 것은 결국 녹지와 공원, 하천과 숲, 바람이 통과할 수 있는 틈과 자연이 머무는 공간들이다. 광명 또한 마찬가지다. 겉으로 보기에는 충분히 녹지가 있는 듯 보이지만, 도시의 일상 속에서 자연이 주는 여백을 온전히 느끼는 경험은 생각보다 많지 않다. 도시가 급하게 성장한 만큼 공원과 숲이 제자리를 찾는 데에는 시간이 더 걸렸고, 개발과 보존 사이에서 아슬하게 균형을 잡으며 여기까지 왔다. 그러나 자연은 도시의 변두리에 남겨 두기엔 너무 중요한 존재이고, 문화와 만날 때 그 가치는 배가된다. 나는 광명이 이제는 '녹지의 면적'이 아니라 '녹지의 숨결'과 '녹지의 문화'를 논해야 하는 시점에 도달했다고 생각한다.

광명에는 여러 공원과 하천이 있다. 산책하기에 충분한 길은 있지만, 그 길에 문화가 흐르고 있는지에 관해서는 질문을 던지게 된다. 일부 공원은 지나치게 기능 중심으로 재단되어 어린이 놀이터 몇 군데, 운동기구, 벤치 몇 개가 전부인 경우가 많다. 도시가 바쁘게 확장되는 동안 공원들은 '장소'가 되지 못하고 '시설'로 남아버린 것이다. 자연은 살아 움직이는 존재인데, 우리의 공원은 너무 규격화되어, 나무와 바람이 머물 공간을 좁혀버렸다. 시민의 산책은 가능하지만, 머무르고 싶은 풍경은 부족하다. 산책로가 있어도 시간이 쌓이는 기억의 장소가 되기 어렵고, 나무가 있지만 그늘 아래 머무를 서사가 없다. 자연은 살아 있지만, 자연이 주는 문화적·정서적 경험은 얇게 흩어져 있다.

다른 도시들을 떠올리면 광명의 고민이 더 선명해진다. 어떤 도시들은 작은 하천 하나를 예술과 결합하여 도시를 대표하는 문화 공간으로 바꾸어 놓는다. 어떤 도시들은 숲을 단순히 보호하는 데서 그치지 않고 시민의 문화·교육 공간으로 승화시키며, 자연의 울림과 도시의 감성을 연결한다. 이런 도시들은 자연을 '남는 땅'으로 보지 않고, 가장 중요한 기반 시설로 바라본다. 반면 광명은, 오랫동안 주거의 확장과 교통 인프라에 초점이 맞춰져서, 자연은 도시 설계의 중심에 오래 머물지 못했다. 공원이 늘어났다고는 하지만, 시민들이 체감하는 자연의 밀도는 여전히 충분하지 않고, 특히 새롭게 형성된 주거지일수록 자연 공간의 부족을 뚜렷하게 경험하고 있다. 녹지 면적의 절대량보다 더 중요한 것은 시민들이 자연을 '내 일상 속의 공간'으로 느끼는가 하는 문제인데, 광명은 이 부분에서 더 많은 노력을 기울여야 한다.

하지만 광명은 분명 가능성을 품고 있다. 도시 곳곳에 하천과 녹지가 끊어진 듯 이어지고 있고, 근린공원은 제각기 잠재된 이야기를 품고 있으며, 도시 외곽의 산과 숲은 광명의 자연적 자산으로서 여전히 살아 있다. 문제는 이 자원들이 '환경'의 이름으로만 존재할 뿐, '문화'와 제대로 만난 적이 거의 없다는 점이다. 자연은 그 자체로 충분히 아름답지만, 자연이 문화와 만나 도시에 서사를 부여할 때 비로소 도시의 치유력은 극대화된다. 우리가 바라는 것은 단순히 공원을 늘리는 것이 아니라, 공원에서 문화가 자라고 공동체가 대화하고 예술이 숨 쉬는 도시다.

나는 광명의 녹지와 문화가 만난다면 도시의 분위기와 시민의 감수성이 놀라울 정도로 바뀔 수 있다고 믿는다. 자연 속에서 열리는 작은 음악회는 시민의 삶에 다른 어떤 정책보다 빠르게 휴식을 가져다준다. 숲속에서의 독서 프로그램은 아이들의 정서 발달에 커다란 효과를 낳는다. 계절마다 달라지는 정원 예술축제는 도시의 계절감을 되살리고, 시민의 발걸음을 다시 자연 속으로 이끈다. 공원과 숲에서 열리는 야외 전시와 조형 예술 프로그램은 시민의 시선을 멈추게 하고, 도시가 가진 문화적 깊이를 조용히 확장한다. 이런 프로그램들은 거창하지 않지만, 도시는 바로 이런 작은 문화 체험들이 쌓여 정체성을 이룬다.

이제 광명은 기존 공간에서 콘텐츠를 어떻게 심고 확장할지를 고민해야 한다. 자연을 '보호'만 하는 시대는 지났다. 자연은 시민의 감성을 깨우는 문화적 장이 되어야 한다. 하천 옆 산책로에는 이야기 산책길을 만들고, 계절마다 테마를 바꾸며 시민이 다시 찾고 싶은 길로 발전시킬 수 있다. 산책로 옆 작은 잔디 공간은 야외 북카페, 테이블 전시 공간, 커뮤니티 토론 장소로도 활용될 수 있다. 숲은 체험 교실이 되고, 숲 해설사와 예술가의 협업을 통해 자연·문학·예술이 결합된 체험 프로그램을 운영할 수도 있다. 공원은 단지 벤치와 운동기구의 장소가 아니라, 팝업 창작 마켓, 아트 피크닉, 가족 공연장, 계절 테마 축제가 이어지는 '일상 속 문화 광장'으로 변할 수 있다.

나는 광명에 '숲속 도서관'이 생긴다면 그것은 단순한 도서관의 확장이 아니라 도시의 정체성을 바꾸는 사건이라고 생각한다. 책은 도시에 깊이를 더하고, 숲은 도시에 생명을 더한다. 그 둘이 만날 때 생기는 경험은 단순한 독서를 넘어 도시민의 정신적 기반을 강화한다.

'자연 속 음악회'는 예산이 많이 들지 않아도 시민의 감정선을 바꾸는 힘을 가진다. 하천 옆에 작은 무대를 설치하고, 주말마다 클래식·재즈·포크 공연이 열린다면, 그 하천은 단순한 물길이 아니라 '도시의 감정을 나누는 장소'가 된다. 또 '정원 예술 축제'는 자연·조경·예술이 결합된 도심 속 새로운 문화 콘텐츠가 될 수 있다. 자연을 손상하지 않는 범위 내에서 꽃과 나무, 조형물과 빛이 조화를 이루는 축제는 광명을 계절 도시로 만들 수 있다.

그러나 가장 중요한 것은 '도시의 관점'이다. 자연과 문화가 만나는 도시가 되려면 도시 계획 자체가 바뀌어야 한다. 공원과 녹지를 소극적 보존시설이 아니라 도시의 중심축으로 바라보는 계획이 필요하다. 개발이 있을 때마다 공원과 녹지가 밀려나는 구조가 아니라, 공원과 녹지 주위로 개발이 이루어지는 구조로 전환해야 한다. 녹지는 도시의 마지막 남은 여백이 아니라, 도시의 첫 번째 층위이며 기반이다. 도시의 중심을 자연이 차지할 때, 시민들은 자연 속에서 문화를 누리고, 도시는 숨을 쉬기 시작한다.

광명이 앞으로 가야 할 길은 단순하다. 자연을 지키고, 문화를 더하고, 시민을 참여시키며, 도시를 치유하는 일이다. 자연은 도시의 폐와 심장이고, 문화는 도시의 언어이며, 시민은 도시의 감정이다. 하천과 숲, 공원과 녹지 위에 문화가 흐를 때, 도시의 마음은 다시 뛰기 시작한다. 그리고 그 변화를 가장 먼저 느끼는 사람은 바로 그 도시를 사는 시민이다. 아이들이 자연 속에서 뛰놀고, 어른들이 숲에서 음악

  OK김경표, OK광명!

을 들으며 쉬고, 노년층이 산책길에서 책을 읽고 서로 대화할 수 있다면 — 광명은 단지 살기 좋은 도시가 아니라 '살아 있는 도시'가 된다.

환경과 문화가 만나는 곳에서 도시의 삶은 비로소 시작된다. 광명이 이 길을 선택한다면, 이 도시는 앞으로 누구보다 깊고 넉넉하게 숨쉬는 도시가 될 것이다. 자연이 도시를 품고, 문화가 사람을 품고, 시민이 서로를 품는 도시. 그 도시가 광명의 미래가 되기를 나는 진심으로 소망한다.

광명의 역사와 미래를 잇는 문화유산 전략

도시는 과거를 지우는 속도로 성장하기도 하고, 기억을 붙들어 미래를 설계하기도 한다. 광명은 그 경계 위에 서 있다. 서울과 맞닿은 개발 압력 속에서 오래된 골목은 사라지고, 산업화 시대의 흔적은 점점 더 멀어지고 있다. 그러나 도시의 정체성이란 새 건물이나 행정 구호에서 만들어지는 것이 아니라, 공동체가 공유한 시간과 기억에서 비롯된다. 광명이 미래로 나아가기 위해서야말로 문화유산은 선택이 아니라 필수에 가깝다. 도시의 '어제'를 어떻게 보존하고 해석하느냐가, 이 도시가 내일 어떤 모습으로 서게 될지를 결정하기 때문이다.

국가유산청은 문화유산을 '공동체가 공유하는 가치와 정신이 담긴 통합적 자산'으로 정의하며, 특히 산업 유산과 생활사 기록의 보존을 미래 세대를 위한 사회적 투자로 보고 있다. 이는 단순한 시설 관리가 아니라, 도시가 자신을 이해하는 방식, 도시가 시민에게 제공하고자 하는 가치를 선언하는 일이다. 광명은 바로 이 지점에서 잠재력이 크

OK김경표, OK광명!

다. 산업화 초기의 광산 역사부터 도시 확장기 주거 문화, 생활사·노동의 궤적까지 다양한 층위가 고르게 남아 있어, '산업 도시-생활 도시-생태 도시'의 복합적 정체성을 문화유산 전략으로 재구성할 수 있기 때문이다.

■ 광산유산: 세계의 사례가 말해주는 것

광명동굴은 오랫동안 관광 콘텐츠 중심으로 조명되어 왔지만, 그 뿌리를 들여다보면 1910년대부터 이어진 광산 개발과 지역 노동의 깊은 역사가 자리하고 있다. 이 점을 고려하면 광명동굴은 단순한 테마형 관광지가 아니라, 세계적 기준에서 보아도 전형적인 광산 산업유산(Mining Heritage)의 특징을 갖고 있다. 이를 더 명확하게 이해하기 위해, 세계의 대표적 광산유산 사례들을 살펴볼 필요가 있다.

영국의 '버틀리 콜리어리(Birtley Colliery)'와 '빅 피트(Big Pit)', 독일 루르(Ruhr) 지역의 '촐페라인(Zollverein)', 스웨덴의 '팔룬 광산(Falun Mine)' 등은 산업화를 이끈 광산의 역사와 노동의 기록을 단순히 보존하는 것을 넘어, 교육·문화·도시재생의 핵심축으로 삼아 세계적 성공을 거두었다.

촐페라인(Zollverein)은 한때 유럽 최대의 석탄광이었으나 폐광 이후 시설을 철거하지 않고 '산업의 기억을 디자인의 언어로 재해석'하여 세계문화유산이 되었다. 이곳은 과거의 기계·구조물·갱도 자체가 하나의 박물관이자 예술적 공간으로 기능하며, 지역 주민의 노동 역사를 현대 디자인·예술과 접목시킨 대표적 사례로 평가된다.

빅 피트(Big Pit)는 폐광 이후 관광지가 되면서도 실제 갱내 탐험을 유지해 '노동의 환경과 위험성'을 시민들이 직접 체험하게 한다. 이로써 광산이 단순한 어두운 과거가 아니라, 공동체의 정체성을 형성한 실재적 역사임을 스스로 느끼게 한다.

팔룬 광산(Falun Mine)은 1,000년 넘는 채굴 역사를 문화·경관·문헌 아카이브로 통합해, 산업유산이 자연환경과 지역 정체성의 일부가 되는 모델을 제시했다.

이 사례들에서 공통적으로 드러나는 핵심은 단 하나이다. 광산유산은 과거를 전시하는 장소에서 끝나지 않고, 지역의 서사(Story)와 미래 전략을 잇는 문화 플랫폼으로 확장되어야 한다는 점이다.

광산의 기술·노동·환경·마을 공동체가 남긴 흔적은, 단순히 '볼거리'가 아니라 도시가 스스로를 이해하는 원천 데이터이며, 문화적 자생력을 만드는 재료다. 광명 역시 이 원칙을 적용할 수 있다. 이미 광명동굴 안에는 광산 갱도, 작업장 흔적, 암반의 채굴 자국 등 산업유산의 핵심 요소가 그대로 남아 있기 때문이다.

광명동굴: 세계 광산 유산과의 비교 속에서 드러나는 가능성

광명동굴은 그동안 관광 중심의 개발이 이어지며 '지역의 상처를 치유한 성공사례'로 소개되었지만, 산업유산으로서의 정체성은 충분히 조명되지 못했다. 그러나 세계 사례와 비교하면 오히려 광명동굴이 갖는 강점이 분명해진다.

도시 접근성과 광산유산의 결합촐페라인이나 팔룬 광산은 접근성이 뛰어나지만 대부분 도시 중심부에서 거리가 있다. 그러나 광명동굴은 수도권 한가운데, 서울과 불과 몇 분 거리라는 압도적 접근성을 가진 드문 광산유산이다. 즉, 광산유산을 일상적 교육·문화 경험으로 전환하기에 훨씬 유리한 조건이다.

자연·도시·산업이 만나는 복합 경관 광명은 동굴 자체뿐 아니라 주변의 구름산·도덕산과 마을 공동체의 역사까지 연계한 '복합 경관유산'으로 확장할 가능성이 있다. 이는 단일 광산만을 다루는 유럽 사

레들과 차별화되는 장점이다.

생활사·이주사와 결합할 수 있는 드문 산업유산 광명은 서울 근교의 대표적 이주·노동 집적지였다. 즉, 광산 노동의 역사와 도시 주거문화의 변화(하안·철산·광명3동)까지 연결하여 '광명 산업·도시·생활사 통합 아카이브'를 구축할 수 있다. 이는 촐페라인의 '산업-디자인', 빅 피트의 '산업-체험'보다 더 넓은 범위의 융합이 가능하다는 뜻이다.

■ 광명에 적용할 문화유산 전략

세계 광산 유산의 성공 사례는 우리가 무엇을 해야 하는지 명확히 알려 준다. 광명 역시 다음의 방향으로 나아갈 수 있다.

1. 산업 유산의 본질을 중심에 둔 재해석

광명동굴은 조명·이벤트 중심의 테마 동굴이 아니라, 근대 산업의 현장이라는 본질에서 출발해야 한다. 갱도 자체를 '산업 구조물'로 보존하고, 노동의 위험·기술·환경을 체험형 콘텐츠로 전환할 수 있다. 빅 피트처럼 갱내 체험을 강화하거나, 촐페라인처럼 산업 디자인과 연결할 수도 있다.

2. 광명 생활사와의 통합적 스토리텔링

광산 노동자의 주거지·생활사·마을 이동 경로 등을 조사해, '광명 산업사-생활사 통합 스토리라인'을 구축하면 도시의 정체성이 더 입체적으로 살아난다. 이는 광명만이 할 수 있는 고유한 접근이다.

     OK김경표, OK광명!

3. 국가유산청 국가유산 지정 및 유형·무형 연계 기록화

광명동굴의 산업사 기록, 구술사, 광산 관련 문헌·도면 자료를 정리하여 국가 산업 유산 지정 또는 기초 조사 사업과 연계할 수 있다. 동시에 시민 참여형 아카이빙 프로젝트를 통해 기억의 폭을 넓힐 수 있다.

4. '광명 산업문화유산 박람회' 또는 국제 교류 프로그램 구축

출폐라인·팔룬 광산 등 해외 광산유산 도시들과 협력해 국제 컨퍼런스·청년 문화교류 프로그램을 운영하면 광명의 유산 전략은 국제적 수준으로 확장된다.

■ 광명의 유산이 열어갈 미래

문화유산은 과거를 지키기 위한 것이 아니라, 미래를 더 단단하게 만들기 위한 전략이다. 광명은 광산이라는 산업유산, 도시 확장 과정에서 형성된 생활사, 자연과 공동체의 결이 만나는 복합적 구조를 가지고 있다. 이 유산을 단절된 공간이 아니라 도시의 내러티브 그 자체로 바라볼 때, 광명은 비로소 자기 목소리를 가진 도시가 된다.

광명의 기억은 화려하지 않지만 깊고, 빠르게 변하지만 사라지지 않는다. 세계 광산유산이 증명하듯, 과거는 도시의 짐이 아니라 가장 강력한 자산이다. 광명이 그 사실을 온전히 인식하고 미래 전략으로 연결한다면, 이 도시는 산업의 역사에서 문화의 도시로 자연스럽게 전환하며, 다음 세대에게 '광명이 왜 광명다운지'를 설명할 수 있는 언어를 갖게 될 것이다.

국제도시 광명: 문화로 세계와 연결되다

도시는 때때로 자신이 가진 잠재력을 스스로 깨닫지 못한 채 성장한다. 광명 역시 그러한 도시였다. 서울과 맞닿은 지리적 이점은 늘 '서울 생활권'이라는 틀 안에서만 설명되었고, 광명은 오랫동안 서울의 그림자로 인식되었다. 그러나 도시의 가치는 지리적 좌표 하나로 결정되지 않는다. 도시는 자신이 가진 문화적 자산을 어떻게 해석하고, 어떻게 세계와 연결하느냐에 따라 전혀 다른 미래를 열어 간다. 최근 국제도시들이 보여 주듯, 문화는 국경을 넘어 도시를 세계로 이끄는 가장 조용한 외교 수단이다. 광명은 지금 바로 그 길목에 서 있다.

광명이 국제도시로 도약할 수 있는 가능성은 이미 여러 곳에서 드러나고 있다. 수도권에서 가장 빠르게 변화하는 도시 중 하나라는 점, 광명동굴이라는 희소한 관광자원, 광명 시흥 스마트도시 개발, KTX 광명역과 국제공항 접근성, 서울과의 문화적 연계성 등. 다양한 기사와 정책 분석에서도 광명은 '잠재적 국제관광도시', '수도권 서남부 글

OK김경표, OK광명!

로벌 허브', '문화 기반 도시 재생 가능성이 높은 도시'로 자주 언급되어 왔다. 도시는 스스로의 정체성을 찾는 순간, 그 가능성은 발전 전략으로 변한다. 그리고 광명은 지금 그 문장 앞에서 새로운 페이지를 펼치고 있다.

나는 오랜 공직 경험 속에서 광명이 가진 핵심 자산들을 하나씩 발견해 왔다. 산업유산이 도시의 기억을 만들어 내는 방식, 골목이 문화의 씨앗이 되는 과정, 자연과 도시 원예가 시민의 삶을 치유하는 힘, 생활문화가 지역 경제를 움직이는 구조, 시민 참여가 도시 비전의 두께를 더하는 방식. 이러한 요소들은 단순한 지역 정책이 아니라 광명이 국제 무대에서 경쟁력을 갖추는 문화적 기초가 된다. 문화는 도시의 언어이고, 그 언어가 국경을 넘어 공유될 때 도시의 위상은 세계 속에서 새로운 자리를 얻는다.

■ 동굴에서 세계로: 광명동굴이 가진 국제 문화 플랫폼의 잠재력

광명동굴은 국내에서 가장 독특한 문화형 관광 자원 중 하나다. 그러나 그 진정한 가능성은 아직 절반만 열려 있다. 많은 도시가 자연유산·산업유산을 관광 상품으로 소비하는 데 그치지만, 세계의 문화도시들은 이러한 자산을 국제 교류의 장으로 발전시킨다.

세계의 동굴 문화유산 사례를 보면, 스페인의 알타미라, 프랑스의 쇼베 동굴 같은 곳은 단순히 관람지가 아니라 세계적 전시·연구·교류가 이루어지는 문화 플랫폼으로 성장했다. 광명동굴 역시 산업유산, 지질유산, 도시사, 예술적 상상력을 모두 담아낼 수 있는 드문 공간이다.

광명동굴의 국제 전시, 국제미디어아트 페스티벌, 글로벌 음악캠프, 국제영화·다큐페스티벌 등의 기획을 통해 광명은 '산업 도시'에서 '문화교류도시'로 변모할 수 있다. 특히 동굴이라는 공간의 실험성은 국제 예술가·연구자들에게 매우 매력적이다. '광명동굴 국제예술레지던시'는 충분히 경쟁력 있는 브랜드가 될 수 있으며, 실제 해외에서도 폐산업 공간을 문화 거점으로 만든 사례가 높게 평가되고 있다.

광명동굴을 중심축으로 한 국제문화도시는 단순한 관광을 넘어 도시 이미지 → 지역 경제 → 글로벌 브랜드 → 국제문화교류로 이어지는 도시발전의 선순환 구조를 만들어 낼 것이다.

 OK김경표, OK광명!

■ 골목에서 시작된 글로벌 문화: 도시 원예·골목 살리기 정책의 국제적
　확장성

　광명은 최근 도시 원예, 원예 관광, 골목 자치 프로젝트 등을 추진
하며 시민의 일상을 중심으로 한 도시 재생 전략을 모색해 왔다. 많
은 국제도시가 골목을 '문화의 시작점'으로 바라보며 도시 이미지를
재구성하고 있는데, 광명 역시 이러한 흐름 속에서 중요한 가능성을
품고 있다.

　바르셀로나의 가르시아 지구, 일본의 오사카 나카자키초, 방콕의
창창마을, 포틀랜드의 커뮤니티 가드닝 사례 등을 보면, 작은 골목과
정원이 도시 전체의 이미지를 바꾸는 출발점이 되었다. 광명이 추진
해 온 도시 원예·정원 조성·골목 생태 복원·생활문화 기반 골목 활성
화는 바로 이러한 세계적 흐름과 맞닿아 있다.

　특히 '정원이 도시를 치유한다'는 글로벌 시티 트렌드 속에서 광명
은 원예관광도시로 매우 적합한 조건을 가지고 있다. 구름산·도덕산·
안터생태공원 같은 자연축, 주거지와 골목을 잇는 생활녹지, 문화원
예 프로그램, 도시농업 커뮤니티 등이 결합된다면, 광명은 아시아에
서 드문 'Urban Gardening Tourism City'라는 독특한 정체성을 가
질 수 있다.

　원예 관광은 단순한 취미가 아니라,
　도시 이미지 개선, 관광객 체류 시간 증가, 문화 교육 확장, 지역 소
상공인 활성화를 이끌어 낼 수 있는 문화 경제 전략이기도 하다.

광명의 골목 프로젝트는 세계 여러 도시에서 이미 경쟁력을 입증한 '소규모 문화 재생 모델'과 구조가 매우 닮아 있다. 이 골목들이 국제 관광객에게도 경험의 공간으로 열릴 때, 광명은 지역의 일상이 세계의 문화가 되는 순간을 맞게 된다.

■ 역사와 미래를 잇는 광명: 산업유산 기반 국제 관광 전략

세계 문화 도시의 흐름에서 산업유산은 중요한 관광·교육 자원이자 도시 브랜딩 자원이다. 독일 루르 지역, 영국 셰필드, 일본 요카이치, 미국 디트로이트 등이 대표적이다.

광명동굴과 주변의 광산·노동·이주·생활사 흔적은 국제적 기준에서 보아도 충분한 스토리 가치가 있다. 특히 광명은

산업유산, 도시 확장사, 서울과의 지역사, 주거·이주·노동의 현대사가 함께 얽혀 있어, 세계적인 도시사 연구자·관광객에게도 매력적이다.

광명이 국제도시를 향하는 과정에서 산업유산은 단순한 볼거리가 아니라 도시의 정체성을 세계와 공유하는 문화적 언어가 될 수 있다.

광명의 산업유산 투어, 노동사 기록전, 동굴 기반 국제 연구 협력, 산업유산 국제포럼 등을 통해 광명은 '근대 도시사와 지역 문화가 만나는 도시'라는 새로운 이미지를 만들어 갈 수 있다.

■ 세계와 연결되는 문화교류 도시 광명: 새로운 도시 외교 전략

문화는 국경을 초월하며, 도시를 세계와 연결하는 가장 효과적이고 우아한 외교 수단이다. 광명의 국제화 전략에서 관광은 목적이 아닌 관계를 만드는 과정이 되어야 한다.

광명은 다음과 같은 문화 외교 전략을 구상할 수 있다.

- 광명동굴 국제 전시·글로벌 예술 레지던시 운영 – 문화 예술을 통해 국적을 넘어서는 감성 교류 구축.
- 글로벌 음악·청년 캠프 운영 – 세계 청년들이 광명에서 예술·도시 문화를 경험하게 하는 인재 교류.
- 외국인 대상 테마 관광 코스 개발 – 골목·정원·동굴·생활사·야간 문화가 결합된 1~2일권 관광 상품.
- 국제 정원박람회·원예관광 축제 유치 – 광명의 도시원예정책을 세계적 브랜드로 확장.
- 자매 도시·국제 네트워크와 문화 교류 플랫폼 구축 – 지속 가능한 문화 교류 구조를 위한 파트너십 강화.

광명은 서울과 가까워 오히려 독자적 정체성을 보여 주기 어려웠지만, 문화를 기반으로 한 국제 교류 정책이 자리 잡는 순간, '서울 옆 도시'가 아니라 '자기 언어를 가진 국제도시'로 성장할 수 있다.

■ 국제도시 광명: 미래의 관광 정책이 그리는 도시의 얼굴

광명이 국제도시로 확장되기 위해 필요한 전략은 이미 도시 안에 씨앗처럼 흩어져 있다.

동굴을 통한 국제문화플랫폼, 골목을 통한 생활문화관광, 도시원예를 통한 새로운 도시브랜딩, 산업유산을 기반으로 한 도시 서사 구축,

이 요소들이 서로 연결될 때, 광명의 관광 정책은 지속 가능하고, 독창적인 국제 문화 관광 도시 전략으로 완성된다.

국제 관광은 더 이상 유명 관광지를 갖는 도시만의 영역이 아니다. 도시가 가진 결, 감성, 일상의 독특함이 세계인들을 도시로 이끈다. 광명은 바로 이 지점에서 경쟁력이 있다. 광명은 거대하지 않지만 섬세하고, 화려하지 않지만 깊이가 있으며, 완성되지 않았기에 더 많은 가능성을 품고 있다.

도시가 국제화되는 순간은 인구나 규모가 확장될 때가 아니라, 도시의 이야기가 세계와 공유될 때이다. 광명은 이제 그 이야기를 쓰기 시작했다. 동굴의 어둠 속에서 태어난 빛, 골목의 정원에서 자라는 문화의 씨앗, 시민들의 손에서 만들어지는 도시의 감수성—이 모든 것이 광명을 세계로 향하게 하는 언어가 될 것이다.

광명이 국제도시로 성장하는 길은 어느 한 명의 수고로 완성되지 않는다. 이는 시민·행정·문화인·청년·지역 경제가 모두 함께 써 내려가는 집단 서사다. 그리고 그 서사는 이미 시작되었다.

광명은 더 이상 서울의 이웃 도시가 아니라, 세계와 연결되는 독립된 문화 관광 도시로 나아갈 준비가 되어 있다.

'함께'라는 말의 행정

　행정은 언제나 결정의 언어를 사용한다. 숫자와 조항, 절차와 문서가 행정을 움직이는 틀을 만든다. 그러나 도시를 살아 움직이게 만드는 힘은 전혀 다른 곳에 있다. 시민의 목소리, 골목의 사소한 온도, 문화 공간을 채우는 감정의 떨림 같은 것들이다. 나는 행정이 단순한 '결정의 기술'이 아니라 '관계의 방식'이라고 믿는다. 그 관계의 핵심에는 언제나 시민이 있다. 특히 문화정책은 행정이 만들어 내는 결과물보다, 시민이 참여하는 과정에서 더욱 빛난다. 시민 참여 없이는 도시의 결이 살아남을 수 없기 때문이다.

도시마다 행정의 방식은 다르지만, 세계 여러 도시의 공통적인 성공 사례를 보면 하나의 원칙이 보인다. 시민을 '정책 대상'으로 보지 않고, '정책의 공동 설계자'로 존중한 도시만이 지속 가능한 변화를 만든다는 점이다. 덴마크 코펜하겐의 공공디자인 프로젝트, 영국 브리스톨의 시민예산제, 일본 가나자와의 시민 문화회의, 그리고 핀란드 헬싱키의 리빙랩 정책은 모두 다른 형태를 띠고 있지만, 하나의 철학을 공유하고 있다.
'행정은 시민과 함께 만든다.'

코펜하겐의 공공디자인 프로세스는 시민이 직접 공공 공간 사용 패턴을 기록하고, 그 데이터를 바탕으로 행정이 공간을 조정하는 방식이다. 즉, 시민이 관찰자이자 기획자이며 최종 사용자다. 브리스톨의 시민 예산제는 주민들이 직접 우선순위를 결정하고, 행정은 그 결정을 실행하는 구조를 갖는다. 일본 가나자와는 오래된 전통문화가 살아 있는 도시로, 시민 참여 문화회의를 꾸준히 운영해 시민이 도시 문화 정책의 방향성을 스스로 제안하고 토론한다. 이들의 사례는 단지 '좋은 제도'의 문제가 아니라, 행정이 시민을 신뢰하는 태도에서 시작한다는 점을 보여 준다.

그러나 광명에서 시민 참여는 제도적으로는 존재하지만, 여전히 절반쯤만 열려 있는 문 같다. 공청회, 주민참여예산, 각종 위원회 등이 존재하지만, 많은 시민은 그 자리가 실질적인 의견 수렴이라기보다 형식적 절차에 가깝다고 느낀다. 정책이 이미 정해진 뒤 의견을 묻는 경우가 많고, 참여자 구성은 특정 단체나 이해관계자 중심으로 반복되며, 새로운 시민이 참여하기 어려운 구조가 만들어지곤 한다. '열려 있다'고 말하지만, 누구에게나 열린 것은 아니다. 이것이 광명이 마주한 가장 큰 문제다.

문화 정책 분야에서는 이러한 문제가 더 선명하게 드러난다. 문화 정책은 감성과 일상, 생활권의 경험에서 태어나야 하는데도, 오히려 행정·예산 중심의 논의가 앞서 시민의 감각이 배제되는 경우가 많다. 예를 들어 축제 기획이나 공공문화공간 조성 과정에서 시민의 의견은 종종 '참여 프로그램의 하나'로만 소비되고, 근본적 방향을 결정하는 논의에서는 제외되는 경우가 있다. 이는 행정이 시민을 의도적으로 배제해서라기보다, 기존 행정 구조가 시민의 참여를 수평적 협력보다 '절차적 의견 수렴'으로만 활용하도록 설계되어 있기 때문이다. 열린다고 말하는 문은 있지만, 그 문을 어떤 방식으로 열어야 하는지는 충분히 고민되지 않았다.

문제의 또 다른 측면은 시민 참여 방식의 획일성이다. 광명은 상대적으로 젊은 도시이며, 다양한 계층과 생활 패턴을 가진 시민이 많다. 그러나 참여 방식은 여전히 회의실 중심, 평일 행사 중심, 특정 연령대 중심으로 고정되어 있다. 디지털 플랫폼을 통한 자율적 제안, 청소년 참여 구조, 1인 가구·직장인의 생활 패턴에 맞춘 참여 방식 등이 미흡하다. 참여의 문턱은 낮아졌다고 하지만, 실은 특정 조건을 갖춘 시민만이 그 문을 지나갈 수 있는 구조다.

그렇다면 광명은 어떻게 달라질 수 있을까. 해결은 거창한 혁신이 아니라, '참여의 방식'을 바꾸는 것에서 시작된다. 무엇보다 중요한 것은 시민을 '정책 대상자'가 아닌 '공동 설계자'로 인식하는 관점의 전환이다. 행정은 시민의 의견을 듣는 것이 아니라, 시민과 함께 문제를 정의해야 한다. 전 세계 도시의 우수 사례는 이 지점에서 출발한다.

광명에서도 가능한 변화 방안을 구체적으로 말해 보면 이렇다.

첫째, 시민 참여 구조를 다층적으로 재설계해야 한다. 공청회와 위원회 중심의 참여를 넘어, '생활권 리빙랩', '동네 실험실', '문화의제 워크숍' 같은 참여형 프로세스를 확대해야 한다. 시민이 직접 문제를 발견하고 해결안을 제시하며, 행정은 그것을 제도화하는 방식이다. 이는 코펜하겐과 헬싱키가 이미 성공적으로 실험한 모델이기도 하다.

둘째, 참여 인구의 다양성을 확보해야 한다. 청년, 이주민, 보호자, 직장인, 예술가 등 각 집단의 생활 패턴을 반영한 참여 방식을 마련해야 한다. 야간 회의, 주말 시민 포럼, 온라인 제안 플랫폼, 청소년 문화 정책 캠프 같은 방식은 시민 참여의 폭을 넓힌다. 참여의 문턱을 낮추는 것이 아니라, 참여의 길을 여러 개 만들어놓아야 한다.

셋째, 시민의 의견이 실제로 반영되는 구조를 마련해야 한다. 참여

　　　　　　　　　　　　　　　　　OK김경표, OK광명!

는 있지만 반영이 없다면 신뢰는 금방 무너진다. 주민 참여 예산처럼 참여 → 우선순위 결정 → 집행 → 결과 공개까지의 과정을 투명하게 공개하고, 시민이 진행 상황을 실시간으로 확인할 수 있는 시스템을 도입해야 한다. 행정은 의사 결정의 많은 부분을 시민에게 위임하는 용기를 가져야 한다.

넷째, 행정 내부의 문화도 바뀌어야 한다. 시민 참여를 '업무 과정 중 하나'로 보는 것이 아니라, 정책 설계를 시작하는 출발점으로 삼아야 한다. 시민의 감성을 이해하는 것이 정책의 질을 높이고, 행정의 신뢰를 쌓는 가장 효율적인 방법이라는 인식이 필요하다.

결국 '함께'라는 말의 진정함은 정책 문서에 쓰인 문구가 아니라, 서로의 시간을 들여 마음을 맞대고 문제를 바라보는 과정에서 시작된다. 행정이 시민에게 다가가고, 시민이 행정의 언어를 이해하며, 서로의 경계를 천천히 낮춰가는 과정. 이 과정이 있을 때 비로소 도시의 문화 정책은 시민의 삶을 닮아가고, 행정은 도시의 결을 잃지 않는다.
광명은 이미 많은 가능성을 가지고 있다. 젊은 도시, 다양한 시민, 빠르게 변하는 문화적 환경, 그리고 미래 지향적 도시 구상까지. 이 모든 조건은 시민 참여가 뿌리내리기에 최적의 환경이다. 이제 남은 것은 방식이다. 행정이 시민을 향해 문을 더 크게 열고, 시민이 그 문을 마음 편히 드나들 수 있도록 만드는 일. 이것이 바로 '함께'라는 말이 행정에서 진짜 의미를 갖는 순간이며, 광명이 다음 도시로 나아가는 가장 중요한 동력이다.

시민과 함께 쓰는 광명의 다음 페이지

도시가 걸어온 길을 돌아볼 때, 나는 늘 한 사람의 이야기가 아니라 많은 사람의 기억이 겹쳐진 풍경을 떠올린다. 광명에서 내가 경험한 행정의 시간도 그러했다. 책상 위에서 시작된 정책보다 골목에서 들은 시민의 한마디가 더 오래 남았고, 회의실에서 정리한 문장보다 버스 정류장에서 만난 시민의 이야기에서 더 선명한 답을 찾은 적이 많았다. 공직자로서의 내 시간은 결국 '나의 시간'이 아니라 '우리의 시간'이었다. 그 점을 깨달은 순간부터 나는 광명을 단순한 업무의 공간이 아닌, 함께 살아가는 이웃의 공간으로 바라보기 시작했다.

오랫동안 공공의 일을 하며 나는 하나의 확신을 갖게 되었다. 도시는 행정이 만드는 것이 아니라 시민이 만들어 간다는 사실이다. 행정은 방향을 제시할 수 있지만, 그 방향을 실제의 삶으로 채워 넣는 존재는 언제나 시민이다. 시민의 생활이 변하지 않으면 정책은 종이 위에서만 반짝이다 사라지기 마련이고, 시민의 감정이 동의하지 않으면 가장 훌륭한 계획도 도시의 결이 되지 못한다. 그래서 나는 공직의 자리에서 늘 시민의 목소리를 먼저 듣고자 했고, 정책의 출발점을 시민의 일상에서 찾으려 노력해 왔다.

광명에서 내가 마주한 과제들은 결코 작지 않았다. 급속한 도시 팽창, 지역 간 문화 격차, 산업유산과 개발의 충돌, 시민 참여의 한계, 교통·환경·복지의 다양한 압력들까지. 하지만 나는 이 모든 과제가 사실은 하나의 질문으로 이어져 있다고 생각했다. '광명은 어떤 도시가 되고 싶은가?' 행정의 언어로는 도시 계획, 비전, 전략 등이 있지만, 실상 이 질문의 답은 시민이 품고 있는 도시의 희망에서 나온다. 그래서 나는 광명의 미래를 구상할 때마다 시민 곁으로 돌아갔다. 그리고 그곳에서 도시의 다음 장을 함께 쓸 사람들이 이미 준비되어 있다는 사실을 확인하곤 했다.

나는 광명에 관해 여러 비전을 제시해 왔다.

산업유산을 시민의 기억자산으로 재해석하는 도시, 생활문화의 힘이 성장하는 도시, 청년이 떠나지 않고 머무르는 도시, 동네마다 고유한 이야기가 살아 움직이는 도시, 공공이 시민의 감정을 먼저 듣는 도시, 그리고 무엇보다 '함께 만든다'는 말이 공허한 구호가 아니라 실제 행정 방식이 되는 도시.

이 비전은 거창한 청사진이라기보다, 시민들이 일상 속에서 이미 보여 준 가능성을 따라 적어 내려간 기록에 가깝다. 광명은 원래부터 잠재력을 가진 도시였다. 문제는 그 잠재력을 하나로 엮어 미래로 이어 주는 과정이 부족했던 것이지, 가능성이 없었던 것이 아니다.

나의 공직 경험은 이 도시의 잠재력이 어떤 모습으로 발현될 수 있는지를 수없이 목격한 시간이었다. 광명동굴의 산업유산적 가치를 처음 재조명하던 순간, 생활문화센터에서 만난 등네 예술가들이 지역을 바꾸는 작은 불씨가 되던 장면, 청년들과 토론하며 새로운 도시의 상상을 함께 그리던 밤들, 지역 축제가 주민의 손으로 다시 태어나는 과정을 지켜보던 순간까지. 이 모든 경험은 공직자로서의 시간이 아니라 도시와 함께 성장한 시간이었다.

도시는 결국 사람이 만든다. 그리고 그 사람이란 행정이 아니라 시민이다. 나는 공직자로서 이 단순한 진실을 잊지 않으려 노력했다. 행정이 무엇을 결정할 수는 있지만, 도시의 마음을 움직이는 것은 시민뿐이다. 시민이 참여하지 않은 정책은 안정적일 수는 있어도 생명력

     OK김경표, OK광명!

을 갖기 어렵다. 반대로 시민이 함께 만든 정책은 때때로 느리고 복잡할지라도, 도시의 뿌리처럼 오래 남는다. 그래서 나는 광명의 다음 페이지를 쓰는 데 있어, 나 혼자가 아니라 시민 모두가 '공동 저자'가 되어야 한다고 생각한다.

이 자서전의 마지막 장을 향해 가는 지금, 나는 이 글이 나의 기록만이 아니라 시민과 함께 쓴 공동의 기록이기를 바란다. 광명에서 내가 경험한 수많은 날은 행정이 시민을 가르치는 시간이 아니라, 시민이 나에게 도시를 가르쳐 준 시간이었다. 시민의 삶이 정책의 교과서였고, 시민의 질문이 미래 전략의 첫 문장이었다. 그들의 한마디가 방향을 바꾸기도 했고, 그들의 참여가 정책을 다시 태어나게 만들기도 했다. 그래서 나는 이 도시의 다음 이야기를 혼자 쓰는 것은 불가능하다고 믿는다.

광명의 다음 페이지는 아직 비어 있다. 하지만 그 빈 페이지는 불확실함이 아니라 가능성의 공간이다. 나는 그 공간을 시민과 함께 채워나가고 싶다. 시민이 느끼는 도시의 숨결, 아이들이 기억할 광명의 미래, 청년들이 꿈꾸는 새로운 문화, 어르신이 지켜온 삶의 지혜—all of these가 다음 장을 이루는 문장이 될 것이다. 공직자로서 내가 할 수 있는 일은 그 문장을 쓰는 손을 하나라도 더 붙잡아주는 것, 그리고 그 문장이 도시의 미래로 이어질 수 있도록 길을 마련하는 일이다.

광명은 이미 충분한 힘을 가지고 있다. 이제 필요한 것은 그 힘을 하나로 모아 미래까지 이어 주는 시민의 연대와 행정의 새로운 방식이다. 나는 그 과정에 함께하고 싶다. 그리고 이 도시를 사랑하는 사람들과 함께, 광명의 다음 페이지에 더 풍부한 이야기들을 적어 가고 싶다. 이 자서전이 나의 기록에서 출발했을지라도, 그 끝은 시민과 함께 쓰는 새로운 시작이 되기를 바란다.

광명은 나만의 도시가 아니라 우리 모두의 도시이기 때문이다.

김경표는 'OK'가 필요합니다

광명 시민 여러분께.

이제 저 김경표는 간절한 마음으로 광명 시민 여러분 앞에 다시 섭니다.

대한민국 국민이 'OK'하는 내일을 만드는 이재명 대통령과 함께,
나는 30만 광명 시민이 'OK'하는 내일을 만들고 싶습니다.

'OK 김경표'라고 말해주실 수 있겠습니까?

광명 시민이 'OK'하는 그날까지, 나는 멈추지 않겠습니다.

감사합니다.

OK! 김경표